古文觀止

冊四

〔清〕吴楚材 吴調侯 編著

北京聯合出版公司

古文觀止

冊四

〔清〕吳楚材　吳調侯　編著

北京聯合出版公司

卷六 漢文

高帝求賢詔 《西漢文》

題解

漢高祖建立漢朝後，深知他能夠得到天下是因爲有賢人的輔佐，而今要治理天下，同樣需要才智之士的幫助。于是他頒布詔書令各諸侯國和郡縣的長官推舉所轄範圍内有才能的人，來幫助他鞏固統治。

原文

蓋聞王者莫高于周文，伯者莫高于齊桓，皆待賢人而成名。今天下賢者智能，豈特古之人乎？患在人主不交故也，士奚由進？今吾以天之靈、賢士大夫定有天下，以爲一家，欲其長久世世奉宗廟亡絕也。賢人已與我共平之矣，而不與吾共安利之，可乎？賢士大夫有肯從我遊者，吾能尊顯之。佈告天下，使明知朕意。御史大夫昌下相國，相國酇侯①下諸侯王，御史中執法下郡守②。其有意稱明德③者，必身勸爲之駕，遣詣相國府，署行、義、年④。有而弗言，覺免。年老癃⑤病，勿遣。

吳楚材、吳調侯：以王伯自期，以古人期士。

吳楚材、吳調侯：高帝平日慢侮諸生，及天下既定，乃屈意求賢，如恐不及，蓋知創業與守成異也。漢室得人，其風動固爲有本。

注釋

①酇侯：指蕭何。②郡守：郡的最高長官，設于春秋戰國時，漢景帝時改太守。③明德：才德。④署行、義、年：登記他的品行、儀表、年齡。義，通「儀」。⑤癃：手足不靈活的病。

譯文

聽說古代聖王中周文王最高，霸主中齊桓公最高，他們都依靠賢人的幫助而成名。現在天下賢人的智慧才能，難道不如古人嗎？憂慮的是君主不去交往他們，賢士怎麼能夠來呢？現在我依靠上天的保佑以及賢士大夫的輔佐，平定了天下，把天下統一成一家，想要政權能長久地保持下去，世世代代奉祀祖先的宗廟以至無窮。賢人已經與我共同平定天下了，而不與我共同享受太平，這可以麼？賢士大夫有跟我交遊的，我能夠使他們尊貴，特此佈告天下，讓大家明白我的意思。御史大夫周昌把這詔書下達給丞相，丞相酇侯下達給諸侯王，御史中丞下達給各郡的太守。那些確實有德才的人，郡守應該親自去勸說，並爲之駕車，送他們到丞相府，記載其經歷、容貌和年齡。如果有那樣的賢人而郡守不推薦，發覺之後就免他的官。年老多病的賢人，不必送來。

文帝議佐百姓詔 《西漢文》

題解

文帝時，國家連年受災，百姓生存艱難。作爲當權者，爲幫助百姓改善生活，

吳楚材、吳調侯：求得其中，愛民之誠如見。帝在位日久，佐民未嘗不至。至是復講佐之之策，可見其愛民之心，愈久而不忘也。

也爲了漢朝的穩定統治，漢文帝頒布了這篇詔書。文中提到了一些引起天災的原因，但沒有找到主要原因，于是廣開言路，徵求各方意見。

【原文】間者數年比不登①，又有水旱疾疫之災，朕甚憂之。愚而不明，未達其咎。意者，朕之政有所失而行有過與？乃天道有不順，地利或不得，人事多失和，鬼神廢不享與？何以致此？將百官之奉養或費，無用之事或多與？何其民食之寡乏也？夫度田非益寡，而計民未加益，以口量地，其于古猶有餘，而食之甚不足者，其咎安在？無乃百姓之從事于末②以害農者蕃，爲酒醪③以靡穀者多，六畜之食焉者衆與？細大之義，吾未能得其中。其與丞相、列侯、吏二千石、博士議之④，有可以佐百姓者，率意遠思，無有所隱。

【注釋】①間：近來。比：屢屢。登：莊稼成熟。②末：指工商業。③醪：釀酒。④列侯：漢代制度，稱異姓封侯者爲列侯。二千石：是官員的俸祿，這裏指漢代郡守以上的官。博士：掌管書籍文獻，通曉古今，爲當政者出謀劃策的官員。

【譯文】近年作物接連歉收，又有水、旱和疾病的災害，我很擔憂。我笨拙不明道理，不知道這些問題的原因。（我）猜想，是我的政策有過失因而行爲有過錯嗎？是天道有不順之處、有的地利沒有得到、人們失和、鬼神被遺棄沒有祭祀嗎？爲什麼會這樣呢？養官的俸祿是不是過高，沒用的事是不是做得過多了？爲什麼民衆的糧食如此匱乏呢？計算一下田地並不比以前少，人口也沒有增加，按土地與人口的比例算，那比古人還有多餘啊，但糧食非常不足的問題，究竟是哪兒錯了呢？難道是百姓從商損害農業的地方多了，做酒浪費的穀子多了，牲畜吃掉的糧食多了嗎？這些大大小小的道理，我沒能明白它的主要原因。要與丞相、列侯、吏二千石、博士們討論，有可以幫助百姓的想法，儘管大膽明言，不要有所隱瞞。

景帝令二千石修職詔 《西漢文》

【題解】因連年爭戰，國力受損，漢初一直實行休養生息政策。此篇中景帝以親自勞作來鼓勵民衆從事農桑，希望百姓遵紀守法，保持良好的社會秩序，並主要告誡各地二千石的官員不要違法舞弊，否則必嚴厲治罪。

吴楚材、吴調侯：一念奢侈，飢寒立至，起手數言，窮極原委。

原文

雕文刻鏤，傷農事者也；錦繡纂組①，害女紅者也。農事傷，則飢之本也；女紅害，則寒之原也。夫飢寒並至，而能無爲非者寡矣。朕親耕，后親桑，以奉宗廟粢盛②祭服，爲天下先。不受獻，減太官③，省徭賦，欲天下務農蠶。素有畜積，以備災害。強毋攘弱，衆毋暴寡，老耆④以壽終，幼孤得遂長。

今歲或不登，民食頗寡，其咎安在？或詐僞爲吏，吏以貨賂爲市，漁奪百姓，侵牟萬民。縣丞⑤，長吏也，奸法與盜盜，甚無謂也。其令二千石，各修其職。不事官職、耗亂⑥者，丞相以聞，請其罪。佈告天下，使明知朕意。

注釋

①纂組：五彩絲帶。②粢盛：盛在祭器内供祭祀用的穀物。③太官：掌宫廷膳食的官。④耆：老，古代六十歲以上的人稱耆。⑤縣丞：縣令的副職。⑥耗亂：昏亂。

譯文

在器具上雕刻鏤花紋，是妨礙農事的行爲；衣服要用綉花紋的錦帛和精美的絲帶，會

損害婦女紡織。農事受損傷，糧食就會不足；紡織受損害，就是受寒的緣由。挨餓受凍而能不做非法的事的人少有啊。我親自耕作，皇后親自種桑養蠶，用作供奉宗廟的祭品、服裝，給天下百姓帶個頭。不接受獻給我的禮物，減少官員進奉的膳食，省去徭役賦稅，希望天下的人務農養蠶。平時有所積累，來防備災害。強者不掠奪弱者，不要依仗人多欺負人少，老人得以壽終，年幼的孤兒順利成長。

若作物歉收，民衆的糧食就缺乏，原因何在呢？有的是因爲狡詐虚僞的人做了官，官吏用錢財做買賣，欺壓百姓。縣丞，是縣裏官吏的首長，如果也與盜賊一同犯法，就與設長吏的本意相違背了。現命令二千石的官吏執行好自己的職責。不負責、昏亂不明的，丞相聽説了，就奏請皇帝治罪。將此公告天下，使百姓明知我的意思。

武帝求茂材異等詔 《西漢文》

題解

有奇異才能的人往往有不同于常人的性格和行爲，武帝命令地方官員們注意考察和選拔這樣的人才爲自己服務。

吴楚材、吴調侯：武帝雄心，露于非常二字。

原文

蓋有非常之功，必待非常之人。故馬或奔踶①而致千里，士

吳楚材、吳調侯：求材不拘資格，務期適用，漢世得人之盛，當自此詔開之。至以可使絕國者，與將相並舉，蓋其窮兵好大。一片雄心，言下不覺畢露。與高帝大風歌，同一氣概。

或有負俗之累②而立功名。夫泛駕③之馬，跅弛④之士，亦在御之而已。其令州郡⑤察吏民，有茂材異等可爲將相，及使絕國者。

【注釋】①踶：踢。②負俗之累：被世俗譏笑的過失。③泛駕：把車子弄翻，指不受駕馭。④跅弛：放蕩不羈。⑤郡：指地方行政區。

【譯文】大凡要建立非凡的功業，必須有非凡的人才。有的馬狂奔亂踢，往往能日行千里；士人中有的受到世俗的責難，可往往能建立功名。不馴服的馬，不遵禮俗的狂士，也全決定于駕馭的方法是否正確而已。命令各州郡的長官務必要考察舉薦吏民中才能優越可任將相的人，以及可以出使遠方國家的人才。

作者簡介

賈誼（前二〇〇年—前一六八年），河南洛陽人，西漢著名的政論家和辭賦家。他二十一歲被漢文帝召爲博士，升至太中大夫。因多次上疏議論政事，被元老權貴排斥。被貶爲長沙王太傅，後又任梁懷王太傅。梁懷王墜馬死，賈誼抑鬱而亡，年僅三十三歲。所著散文五十八篇（今存五十六篇），劉向編爲《新書》。另有賦五篇。賈誼的散文兼有

荀孟的雄辯氣勢和莊騷的酣暢流麗，多少還有一些戰國縱橫之士的譎詭機智。

過秦論上

賈誼

【題解】此篇是《過秦論》的上篇。賈誼寫作此文，是爲了總結秦之過失，爲漢文帝提供政治上的借鑒。文章通過對秦統一六國前後政策的對比，得出秦之過在于「仁義不施」，「攻守之勢異」。文章鋪陳排比，氣勢不凡，首創了「史論」這一散文體裁，對漢以後的散文創作產生了重要的影響。

【原文】秦孝公據殽函之固①，擁雍州之地，君臣固守，以窺周室②；有席捲天下、包舉宇內、囊括四海之意，并吞八荒③之心。當是時也，商君④佐之，內立法度，務耕織，修守戰之具，外連衡而鬥諸侯⑤。于是秦人拱手而取西河⑥之外。

吳楚材、吳調侯：四句祇是一意，而必疊寫之者，蓋極言秦先虎狼之心，非一辭而足也。

孝公既沒，惠文、武、昭蒙故業⑦，因遺策，南取漢中，西舉巴、蜀，東割膏腴之地，北⑧收要害之郡。諸侯恐懼，會盟而謀弱秦，不

吳楚材、吳調侯：以一離六爲衡，以六攻一爲縱，故衡曰連，縱曰會。正欲寫秦之强，忽寫諸侯作反襯。

愛珍器、重寶、肥饒之地，以致⑨天下之士，合從締交，相與爲一。當此之時，齊有孟嘗，趙有平原，楚有春申，魏有信陵⑩。此四君者，皆明智而忠信，寬厚而愛人，尊賢而重士，約從離橫⑪，兼韓、魏、燕、楚、齊、趙、宋、衛、中山之衆。于是六國之士，有寧越、徐尚、蘇秦、杜赫之屬爲之謀⑫，齊明、周最、陳軫、召滑、樓緩、翟景、蘇厲、樂毅之徒通其意⑬，吳起、孫臏、帶佗、兒良、王廖、田忌、廉頗、趙奢之倫制其兵⑭。嘗以什倍之地，百萬之衆，叩關⑮而攻秦。秦人開關而延敵，九國之師，逡巡遁逃而不敢進⑯。秦無亡矢遺鏃之費，而天下諸侯已困矣。于是從散約解，爭割地而賂秦。秦有餘力而制其弊，追亡逐北，伏屍百萬，流血漂櫓⑰，因利乘便，宰割天下，分裂河山，強國請服，弱國入朝。

施及孝文王、莊襄王，享國之日淺⑱，國家無事。及至始皇，奮六

吳楚材、吳調侯：極寫始皇之强。

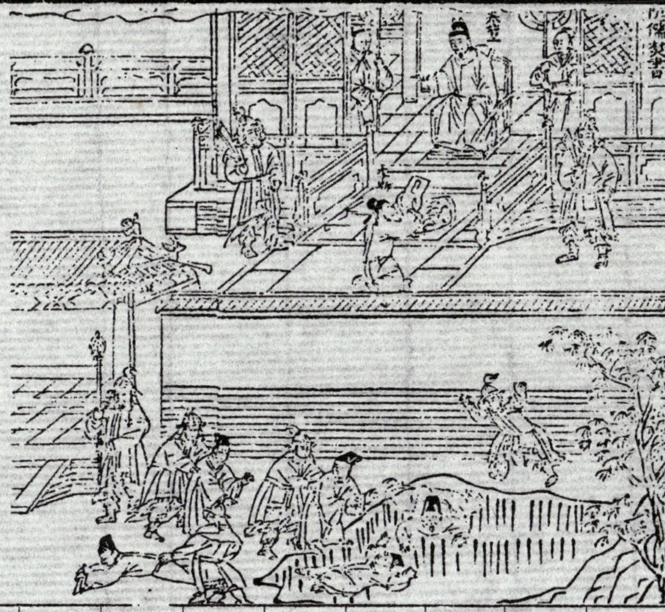

焚書坑儒

秦始皇焚書坑儒，希望以此維護統一的集權政治，打擊方士荒誕不經的怪談說，但效果並不如他所願。

世之餘烈⑲，振長策而御宇內，吞二周⑳而亡諸侯，履至尊而制六合，執敲扑以鞭笞天下㉑，威振四海。南取百越之地，以爲桂林、象郡㉒；百越之君，俛首系頸，委命下吏。乃使蒙恬北築長城而守藩籬㉓，卻匈奴七百餘里，胡人不敢南下而牧馬，士不敢彎弓而報怨。于是廢先王之道，燔百家之言㉔，以愚黔首。隳㉕名城，殺豪傑，收天下之兵聚之咸陽，銷鋒鍉㉖，鑄以爲金人十二，以弱天下之民。然後踐華爲城，因河爲池，據億丈之城，臨不測之溪以爲固。良將勁弩，守要害之處；信臣精卒，

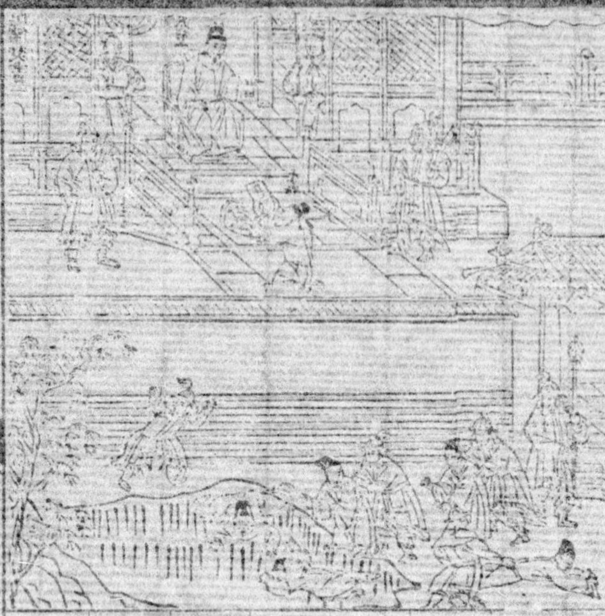

吴楚材、吴調侯：結出一篇主意，筆力千鈞。過秦論者，論秦之過也。秦過祇是末仁義不施一句，使斷盡，從前竟不説出。層次敲擊，筆筆放鬆，正筆筆鞭緊，波瀾層折，姿態恒生，使讀者有一唱三嘆之致。

陳利兵而誰何！天下已定，始皇之心，自以爲關中之固，金城千里，子孫帝王萬世之業也。

始皇既沒，餘威震于殊俗㉗。然而陳涉甕牖繩樞之子，氓隸㉘之人，而遷徙之徒也。材能不及中庸，非有仲尼、墨翟之賢㉙，陶朱、猗頓㉚之富，躡足㉛行伍之間，俛起阡陌之中，率罷弊之卒，將數百之衆，轉而攻秦。斬木爲兵，揭竿爲旗。天下云集而響應，贏糧而景從㉜，山東㉝豪俊，遂並起而亡秦族矣。

且夫天下非小弱也。雍州之地，殽、函之固，自若也。陳涉之位，不尊于齊、楚、燕、趙、韓、魏、宋、衛、中山之君也；鋤耰棘矜㉞，不銛于鉤戟、長鎩㉟也；謫戍之衆，非抗于九國之師也；深謀遠慮，行軍用兵之道，非及曩時㊱之士也。然而成敗異變，功業相反。試使山東之國與陳涉度長絜大㊲，比權量力，則不可同年而語矣。然秦以區區之地，致萬乘之權，招八州而朝同列㊳，百有餘年矣。然後以六合爲家，殽函爲宮。一夫作難而七廟㊴隳，身死人手㊵，爲天下笑者，何也？仁義不施，而攻守之勢異也。

注釋

①秦孝公：秦國國君，名渠梁。他任用商鞅，行新法使秦國富强。殽函：古代對殽山和函谷關的合稱。②窺：偷看。這裏是暗中打算的意思。周室：指周王朝。③八荒：八方，極遠的地方。④商君：商鞅。也稱衛鞅。⑤連衡：連横。當時處于西方的秦與東方的齊、楚等國進行聯合以打擊其他國家，叫作連横；東方各國，北自燕，南至楚聯合起來抗秦，叫作合縱。鬥諸侯：使諸侯自相争鬥。⑥西河：今陝西省大荔、宜川一帶。⑦惠文：秦惠文王，孝公之子，名駟。武：秦武王，惠文王之子，名蕩。昭：秦昭襄王，武王異母弟，名則，一名稷。蒙故業：繼承舊業。⑧北：《史記》無「北」字。⑨致：招納。⑩孟嘗：孟嘗君田文。平原：平原君趙勝。春申：春申君黄歇。信陵：信陵君魏無忌。作者將上述四個不同時代的公子並列在一起，是爲了綜合説明當時前後八十年間東方人才薈萃的形勢。⑪約從離衡：建立合縱，

拆散連橫。⑫寧越：趙人。徐尚：宋人。蘇秦：周人。杜赫：周人。⑬齊明：周臣。周最：周君之子。陳軫：楚人，事秦。召滑：一作昭滑，楚臣。樓緩：魏相。翟景：魏人。蘇厲：蘇秦弟。樂毅：燕國名將。⑭吳起：魏將，後又事楚。孫臏：齊將，著名軍事家。帶佗：楚將。兒良：越將。王廖、田忌：齊將。廉頗、趙奢：趙將。⑮關：函谷關。⑯九國：指韓、魏、燕、趙、楚、齊、宋、衛、中山等國。逡巡：徘徊，行而不進。⑰櫓：大盾牌。⑱淺：少。⑲始皇：秦始皇。秦莊襄王之子，名政。六世：指秦孝公、惠文王、武王、昭襄王、孝文王、莊襄王。⑳二周：指周赧王時分化的東、西二周，西周都于洛（今河南洛陽），東周都于鞏（今河南鞏義）。西周滅于秦昭襄王五十一年（前二五六年），東周滅于秦莊襄王元年（前二四九年）。㉑六合：天地四方。敲扑：杖棒。㉒百越：對東南方一些少數民族的總稱。桂林、象郡：二郡均在廣西境內。㉓蒙恬：秦國將領，二世時賜死。藩籬：籬笆。引申爲屏障。㉔百家之言：諸子百家的著述。㉕隳：毀壞。㉖鋒鍉：泛指各種兵器。㉗殊俗：不同的風俗。指邊遠的部族。㉘氓隸：古代對低賤者的稱呼。㉙仲尼：孔子。墨翟：墨子。㉚陶朱：春秋末年越國大夫范蠡的別號。范蠡晚年曾在陶山經商，號稱陶朱公。猗頓：魯國人，因養殖牛羊致富。㉛躡足：涉足，參加。㉜贏：攜帶。景從：如影相隨。景，通「影」。㉝山東：指函谷關、殽山之東。㉞鉏櫌：鋤頭柄。棘矜：棘木杖。㉟鎩：有長刃的矛。㊱曩時：過去，從前。㊲度長絜大：較量長短大小。㊳同列：同等的諸侯國。㊴七廟：祖先七代的宗廟。古代宗法規定，天子祀七廟。㊵身死人手：指秦王子嬰爲項羽所殺。

譯文

秦孝公憑借崤山和函谷關險固的關隘，又擁有雍州的土地，君臣固守疆土，窺探周王朝；懷有席捲天下、包舉四方、吞並四海、囊括八荒之地的野心。這時，商鞅輔佐他，對內建立法規制度，鼓勵農耕和紡織，修造防守和進攻的武器裝備；對外推行連橫政策，使各諸侯國互相爭鬥。于是，秦人輕而易舉地奪取了西河以外的大片土地。

秦孝公死後，惠文王、武王、昭王繼承祖上業績，遵循既定的政策，向南攻取漢中，向西攻占巴、蜀，在東面占據了肥沃的土地，向北征服了地勢險要的州郡。諸侯們很恐慌，結盟設法削弱秦國，他們不吝惜珍奇的器具、貴重的寶物、富饒的土地，用以招納普天下的才士，建立同盟，結成一體。這

遣使求仙

秦始皇希望長生，遣使尋找仙人。

時，齊國有孟嘗君，趙國有平原君，楚國有春申君，魏國有信陵君。這四位君子都忠誠信義，對人寬厚而友愛，尊重賢士，縱向聯合來離散秦國的連橫，聚集了韓國、魏國、燕國、楚國、齊國、趙國、宋國、衛國、中山國的兵力。于是，六國的士人，有寧越、徐尚、蘇秦、杜赫這班人替他們出謀獻策，有齊明、周最、陳軫、召滑、樓緩、翟景、蘇厲、樂毅一類人替他們互通消息，有吳起、孫臏、帶佗、兒良、王廖、田忌、廉頗、趙奢這班人替他們指揮軍隊；曾以十倍于秦的土地，百萬大軍，逼臨函谷關進攻秦國。秦人打開函谷關，引敵入境，但九國的將士徘徊猶豫，逃走而不敢進擊。秦國沒有耗費絲毫兵力，而各諸侯國已陷入了困境。于是合縱離散，盟約解除，各諸侯爭相割讓土地討好秦國。秦國有餘力控制已衰弱的六國，追趕敗逃的各國士兵，被殺的人多達百萬，流的血可以漂浮起盾牌，秦國乘着有利時機，宰割天下的百姓，分裂各國的河山，迫使強國請降，弱國入秦朝拜。

延續到孝文王、莊襄王，他們在位的日子較短，國家沒有重大的戰事。到了秦始皇，他繼承了六世祖先積累的功績，揮動長鞭統治天下，吞並了周王朝，又滅亡了各國諸侯，登上了至高無上的皇帝寶座，統治四方，手執棍棒鞭撻天下人民，威震四海。向南攻取了百越的土地，建立桂林郡和象郡；百越的君主低着頭、頸上被套上繩索，聽命于秦朝的官吏。于是，又派遣蒙恬在北方修築長城，守衛邊境，把匈奴擊退了七百多里，胡人不敢再南下放馬，戰士不敢動用武力來報仇。于是，秦始皇完全廢除從前君主治國的原則，焚燒諸子百家的著作，以愚昧百姓。又毀壞各國的名城，殺害豪傑俊才，收集全國的兵器聚集到咸陽，熔化鋒刃而制成十二個銅人，以削弱百姓的力量。然後以華山作爲咸陽的城牆，憑借黃河作爲護城河，占據億丈高的城牆，下臨深不可測的溪水，以爲這樣就牢不可破了。派遣良將手持硬弓，駐守要害的據點；派遣忠誠的臣子率領精銳的士兵，手執銳利的兵器盤問過往的行人！天下已經安定，秦始皇的心裏，自以爲關中地勢的堅固，眞是使子孫後代

秦始皇希望長生，遣使尋訪仙人。

時，齊國有孟嘗君，趙國有平原君，楚國有春申君，魏國有信陵君。這四位君子都忠誠信義，對人寬厚而友愛，尊重賢士，縱向聯合來離散秦國的連橫，聚集了韓國、魏國、燕國、楚國、齊國、趙國、宋國、衛國、中山國的兵力。于是，六國的士人，有寧越、徐尚、蘇秦、杜赫這班人替他們出謀獻策，有齊明、周最、陳軫、召滑、樓緩、翟景、蘇厲、樂毅一類人替他們互通消息，有吳起、孫臏、帶佗、兒良、王廖、田忌、廉頗、趙奢這班人替他們指揮軍隊；曾以十倍于秦的土地，百萬大軍，逼臨函谷關進攻秦國。秦人打開函谷關，引敵入境，但九國的將士徘徊猶豫，逃走而不敢進擊。秦國沒有耗費絲毫兵力，而各諸侯國已陷入了困境。于是合縱離散，盟約解除，各諸侯年年割讓土地討好秦國。秦國有餘力控制已衰弱的六國，追趕敗逃的各國士兵，被殺的人多達百萬，流的血可以讓浮起盾牌。秦國乘着有利時機，宰割天下的百姓，分裂各國的河山，迫使強國請降，弱國入秦朝拜。

延續到孝文王、莊襄王，他們在位的日子較短，國家沒有重大的戰事。到了秦始皇，他繼承了六世祖先積累的功績，揮動長鞭統治天下，吞並了周王朝，又滅亡了各國諸侯，登上了至高無上的皇帝寶座，統治四方，手執棍棒鞭撻天下人民，威震四海。向南攻取了百越的土地，建立桂林郡和象郡；百越的君主低着頭，頸上拴着繩索，聽命于秦朝的官吏。于是，又派遣蒙恬在北方修築長城，守衛邊境，把匈奴驅逐了七百多里，胡人不敢再南下放馬，戰士不敢動用武力來報仇。于是，秦始皇完全廢除從前君主治國的原則，焚燒諸子百家的著作，以愚昧百姓。又毀壞各國的名城，殺害豪傑俊才，收集全國的兵器聚集到咸陽，熔化鑄成十二個銅人，以削弱百姓的力量。然後以華山作爲咸陽的城牆，憑借黃河作爲護城河，占據億丈高的城牆，下臨深不可測的溪水，以爲這樣就牢不可破了。派遣良將手持硬弓，駐守要害的據點；派遣忠誠的臣子率領精銳的士兵，手執鋒利的兵器盤問過往的行人。天下已經安定，秦始皇的心裏，自以爲關中地勢的堅固，銅牆鐵壁長達千里，真是使子孫後代稱帝萬世不變的基業。

秦始皇死後，他的餘威震懾到偏遠地區。然而，陳涉這位用破甕作窗、用繩子拴着門板的窮人，卑賤的農夫，又是發配戍邊的士卒。才智不如一般人，又沒有孔子、墨子的賢能，陶朱公、猗頓的財富，置身于發配隊伍中，卻崛起于行伍間，率領疲憊散亂的士兵，統領幾百人的隊伍，反來攻打秦朝。他們斬斷樹木作兵器，撑起竹竿做大旗，天下人如雲一樣聚集，像回聲般響應，帶着糧食如影隨身般地跟從陳涉，于是，殽山以東的豪傑英俊就都起來消滅秦朝。

況且這時天下，並不是又小又弱。雍州的土地，殽山和函谷關的險固，仍與過去相同。陳涉的地位，也不如齊國、楚國、燕國、趙國、韓國、魏國、宋國、衛國、中山國的君主尊貴；鋤頭和木棍，並不比鈎戟長矛鋒利；謫戍服役的士卒也並不超過九國的軍隊；深謀遠慮，行軍用兵的戰略戰術，又比不上從前六國的謀士。然而，成功和失敗卻有所不同，建立功業的人恰好相反。如果讓殽山以東的諸侯國與陳涉比較強弱、大小、權勢和實力，那就不可以同日而語了。然而，當初秦國憑借小小的國土，獲得萬乘大國之權，掃平原先位處同列的諸侯入秦朝拜，達一百多年之久。然後以天地四方爲家，

把殽山和函谷關當作自家宮室。誰料陳涉一人發難，就使秦朝的社稷毀滅，死在別人的手裏，被天下人嘲笑，是什麼原因呢？就因爲不施行仁義，而攻守的形勢也就變化了。

治安策

賈誼

題解 本文又名《陳政事疏》，選自《漢書・賈誼傳》，本文是節選。

西漢初年，政治混亂，雖然已經對異姓諸侯王割據的勢力進行了沉重打擊。但是在漢文帝時期，同姓諸侯王對與中央政府仍然是重大隱患。賈誼因此作《治安策》上呈漢文帝，着重論述了這一問題。在文中，賈誼指出强盛的諸侯國將對中央政權産生威脅，若不儘早防範，就一定會發生犯上作亂的情況。他提出了「衆建諸侯而少其力」的觀點，以保證中央政權。賈誼的統一思想既符合當時的政治形勢，也合乎歷史發展的潮流。

全篇圍繞「衆建諸侯而少其力」的中心論點，縱橫鋪陳，層層深入，以理服人，抒情與說理並重，讀起來氣勢磅礴，具有很强的説服力和感染力。

原文 夫樹國固①，必相疑②之勢，下數被其殃，上數爽③其憂，甚非

吳楚材、吳調侯：立國險固，諸侯强大，則必與天子有相疑之勢。開口便吸盡全篇。

賈誼

所以安上而全下也。今或親弟謀爲東帝④，親兄之子⑤西鄉⑥而擊，今吳⑦又見⑧告矣。天子春秋⑨鼎盛，行義未過⑩，德澤有加焉，猶尚如是，況莫大諸侯，權力且十此者乎！然而天下少安，何也？大國之王幼弱未壯，漢之所置傅⑪相⑫方握其事。數年之後，諸侯之王大抵皆冠⑬，血氣方剛，漢之傅相稱病而賜罷，彼自丞尉⑭以上偏置私人，如此，有異淮南、濟北之爲邪！此時而欲爲治安，雖堯舜不治。黃帝曰：『日中必熭⑮，操刀必割。』今令此道順而全安，甚易，不肯早爲，已乃⑯墮骨肉之屬而抗剄⑰之，豈有異秦之季世⑱！

夫以天子之位，乘今之時，因天之助，尚憚⑲以危爲安，以亂爲治，假設陛下居齊桓之處，將不合諸侯而匡天下乎？臣又知陛下有所必不能矣。假設天下如曩⑳時，淮陰侯㉑尚王楚，黥布㉒王淮南，彭越㉓王梁，韓信㉔王韓，張敖王趙㉕，貫高爲相，盧綰㉖王燕，陳豨㉗在代，令此六七公者皆亡㉘恙，當是時而陛下即天子位，能自安乎？臣有以知陛下之不能也。天下殽亂㉙，高皇帝與諸公並起，非有仄室㉚之勢以豫㉛席㉜憑藉之也。諸公幸者，乃爲中涓㉝，其次廑㉞得舍人㉟，材之不逮㊱至遠也。高皇帝以明聖威武即天子位，割膏腴之地以王諸公，多者百餘城，少者乃三四十縣，德至渥㊲也，然其後七年之間，反者九起。陛下之與諸公，非親角㊳材而臣之也，又非身封王之也，自高皇帝不能以是一歲爲安，故臣知陛下之不能也。

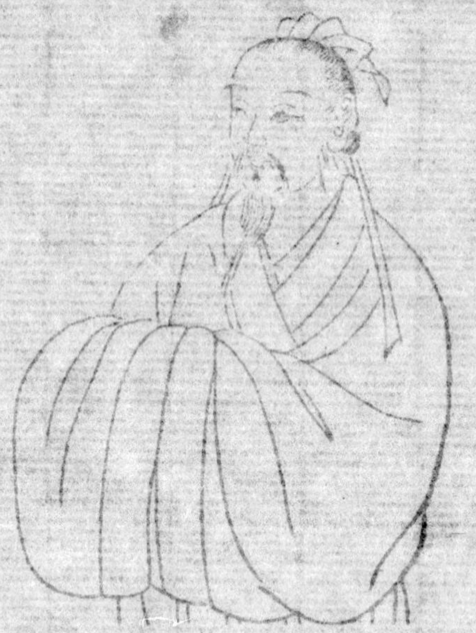
吴楚材、吴调侯：言诸王皆谓与天子为昆弟，而不论君臣之分，无不欲同皇帝之制度，而为天子之事。

然尚有可諉[39]者，曰疏，臣請試言其親者。假令悼惠王[40]王齊，元王[41]王楚，中子[42]王趙，幽王[43]王淮陽，共王[44]王梁，靈王[45]王燕，厲王[46]王淮南，六七貴人皆亡恙，當是時陛下即位，能爲治乎？臣又知陛下之不能也。若此諸王，雖名爲臣，實皆有布衣昆弟[47]之心，慮亡不帝制而天子自爲者。擅爵人，赦死罪，甚者或戴黄屋[48]，漢法令非行也。雖行不軌如厲王者，令之不肯聽，召之安可致乎！幸而來至，法安可得加！動一親戚，天下圜視而起，陛下之臣雖有悍如馮敬[49]者，適啓其口，匕首已陷其匈[50]

漢文帝親嘗湯藥

漢文帝，名恒，高祖第四子，初封代王。生母薄太后，帝奉養無怠。母常病三年，帝目不變睫，衣不解帶，湯藥非口親嘗弗進。仁孝聞天下。

矣。陛下雖賢，誰與領此？故疏者必危，親者必亂，已然之效也。其異姓負強而動者，漢已幸勝之矣，又不易其所以然。同姓襲是跡而動，既有徵矣，其勢盡又復然。殃禍之變，未知所移，明帝處之尚不能以安，後世將如之何！

屠牛坦[51]一朝解十二牛，而芒[52]刃不頓者，所排擊剝割，皆衆理[53]解也。至于髖髀之所，非斤則斧。夫仁義恩厚，人主之芒刃也；權勢法制，人主之斤斧也。今諸侯王皆衆髖髀也，釋斤斧之用，而欲嬰以芒刃，臣以爲不缺則折。胡不用之淮南、濟北？勢不可也。臣竊跡前事，大抵強者先反。淮陰王楚最強，則最先反；韓信倚胡[54]，則又反；貫高因趙資，則又反；陳豨兵精，則又反；彭越用梁，則又反；黥布用淮南，則又反；盧綰最弱，最後反。長沙[55]乃在二萬五千戶耳，功少而最完，勢疏而最忠，非獨性異人也，亦形勢然也。曩令樊、酈、

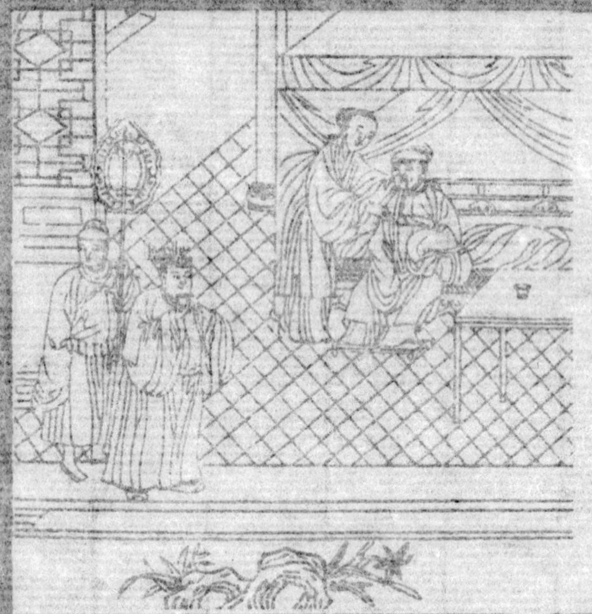

吳楚材、吳調侯：此句爲一篇綱領，從前許多議論，皆是此意，此下天下咸知陛下之明、之廉、之仁、之義，正衆建諸侯之效。

絳、灌[56]據數十城而王，今雖以殘亡可也；令信、越之倫列爲徹侯而居，雖至今存可也。然則天下之大計可知已。

欲諸王之皆忠附，則莫若令如長沙王；欲臣子之勿菹醢[57]，則莫若令如樊、酈等；欲天下之治安，莫若衆建諸侯而少其力。力少則易使以義，國小則亡邪心。令海內之勢如身之使臂，臂之使指，莫不制從，諸侯之君不敢有異心，輻湊[58]並進而歸命天子，雖在細民，且知其安，故天下咸知陛下之明。割地定制，令齊、趙、楚各爲若干國，使悼惠王、幽王、元王之子孫畢以次各受祖之分地，地盡而止，及燕、梁它國皆然。其分地衆而子孫少者，建以爲國，空而置之，須其子孫生者，舉使君之。諸侯之地其削頗入漢者，爲徙其侯國及封其子孫也，所以數償之；一寸之地，一人之衆，天子亡所利焉，誠以定治而已，故天下咸知陛下之廉。地制壹定，宗室子孫莫慮不王，下無

吳楚材、吳調侯：諸侯之地，有罪見削而入于漢者，爲遷徙其國都，及改封其子孫，亦以衆建之數償還之。

倍畔[59]之心，上無誅伐之志，故天下咸知陛下之仁。法立而不犯，令行而不逆，貫高、利幾[60]之謀不生，柴奇、開章[61]計不萌[62]，細民鄉善，大臣致順，故天下咸知陛下之義。臥赤子天下之上而安，植遺腹，朝委裘，而天下不亂，當時大治，後世誦聖。壹動而五業附，陛下誰憚而久不爲此？

天下之勢，方病大瘇[63]，一脛之大幾如要[64]，一指之大幾如股，平居不可屈信[65]，一二指搐，身慮亡聊[66]。失今不治，必爲錮疾，後雖有扁鵲，不能爲已。病非徒瘇也，又苦蹠戾[67]。元王之子，帝之從弟也；今之王者，從弟之子也。惠王，親兄子也；今之王者，兄子之子也。親者或亡分地以安天下，疏者或制大權以逼天子，臣故曰非徒病瘇也，又苦蹠戾。可痛哭者，此病是也。

注釋 ①樹國：建立諸侯國。固：強大，②相疑：相互比擬。疑，通「擬」。③爽：憂

周勃

呂后死，呂產、呂祿企圖發動政變奪取帝位。劉恒在周勃、陳平支持下誅滅了諸呂勢力，登上皇帝寶座，是爲文帝，在位二十三年。漢文帝在位期間，是漢朝從國家初定走向繁榮昌盛的過渡時期。他和他兒子漢景帝統治時期，政治穩定，經濟生産得到顯著發展，歷來被視爲封建社會的「治世」，被史家譽爲「文景之治」。

傷。④東帝：指淮南厲王劉長，漢文帝之弟。漢文帝前元六年（前一七四年），劉長謀反，事敗後被殺，因淮南都城壽春在長安以東，所以稱「東帝」。⑤親兄之子：指齊悼惠王劉肥的兒子濟北王劉興居。漢文帝三年（前一七七）濟北王謀反，發兵襲擊滎陽，失敗被殺。⑥鄉：向。⑦吳：指劉邦的侄子吳王劉濞，當時他抗拒朝廷法令被告發。⑧見：被⑨春秋：指年齡。⑩行義未過：行爲得宜，没有過失。⑪傅：朝廷派遣到諸侯國，輔佐諸侯王的官員。⑫相：朝廷派遣到諸侯國的最高行政官員。⑬冠：指成年。⑭丞尉：縣一級的文武官員。⑮暴：暴曬。⑯已乃：以後。⑰抗剄：指殺頭。⑱季世：末世。⑲悍：害怕。⑳曩：從前。㉑淮陰侯：韓信，漢朝初建國時封楚王，後降爲淮陰侯，因爲呂后借口謀反被殺。㉒黥布：英布，漢初封爲淮南王。㉓彭越：漢初封爲梁王，與英布一道因謀反被殺。㉔韓信：指韓王信，戰國時韓國的後代，漢初封韓王，後投降匈奴反漢。㉕張敖王趙：張敖，漢高祖劉邦的女婿，漢初諸侯王趙王張耳的兒子，襲封趙王，後因與趙丞相貫高謀刺劉邦的事有牽連，改封平宣侯。㉖盧綰：漢初封燕王，後叛逃匈奴，被封爲東胡盧王，死于匈奴。㉗陳豨：漢初任諸侯國代國丞相，後反漢，自立爲趙王，被殺。㉘亡：通「無」，没有。㉙殺亂：混亂。㉚仄室：非正妻所生的孩子。仄，通「側」。㉛豫：通「預」，預先。㉜席：憑借之也。㉝中涓：皇帝的近侍，這裏指被重用的大臣。㉞廑：通「僅」，才。㉟舍人：地位低于中涓的近侍。㊱不逮：不及。㊲渥：優厚。㊳角：競爭較量。㊴諉：推托。㊵悼惠王：齊悼惠王，劉邦長子劉肥王齊。㊶元王：楚元王，劉邦弟劉交。㊷中子：趙隱王，劉邦第三子劉如意。㊸幽王：趙幽王，劉邦子劉友，原封淮陽王，後徙趙。㊹共王：梁共王，劉邦子劉恢。㊺靈王：燕靈王，劉邦子劉建。㊻厲王：淮南王劉長，厲是謚號。㊼昆弟：兄弟。㊽黄屋：皇帝乘坐的車輛，因車蓋用黄繒而得名。㊾馮敬：漢文帝的御史大夫，曾

揭發淮南王劉長謀反，後被刺客殺死。㊿匈：同「胸」。(51)屠牛坦：傳説中春秋的一位宰牛人，名坦。(52)芒：鋒利。(53)理：肌肉文理。(54)胡：古代對北方少數民族的稱呼，這裏指匈奴。(55)長沙：指長沙王吴芮。(56)樊、酈、絳、灌：指舞陽侯樊噲，曲周侯酈商，絳侯周勃，潁陰侯灌嬰。(57)菹醢：古代酷刑名，把人剁成肉醬。(58)輻湊：聚集在一塊。(59)倍畔：通「背叛」。(60)利幾：原項羽部將，降漢被封爲潁川侯，後叛漢被殺。(61)柴奇，開章：均爲人名，兩人都曾爲淮南王劉長的謀反出謀劃策。(62)萌：發生。(63)瘇：腳腫病。(64)要：通「腰」。(65)信：通「伸」。(66)亡聊：無聊，無所憑借。(67)跖戾：腳掌折斷。

譯文

諸侯國被建設得過分强盛，就必然會形成天子與諸侯之勢均力敵的情況，臣子多次遭禍患，皇上也屢屢憂傷，這實非安定朝廷、保全臣民的方法。現如今陛下的親弟弟在東邊圖謀稱帝，親侄子也敢從西面進攻朝廷，最近又有吴王因謀反被人告發。現在天子您年富力强，品行適宜而沒有過錯，對他們施以恩澤，他們尚且這樣，更何況最大的諸侯國，擁有相當于此十倍的力量！但是現在天下還算安定，這是爲什麼呢？這是因爲大的諸侯國君年紀小尚未成年，還是由大漢派遣去的太傅、丞相來掌管政事。假如幾年之後，諸侯王都加冠成人，血氣方剛，而大漢派去的太傅和丞相也不得不稱病還鄉，諸侯王也會自從丞和尉一級開始安插親信，倘若這樣，他們的行爲與淮南王、濟北王相比，又有什麼不同！到那時，要想天下安定，就算是唐堯和虞舜這樣的人都做不到了。黄帝説過：「一定要趁着中午曝曬東西，拿好刀就得趕緊宰割。」現今，假如順利推行保全安定的措施還是很容易的。若不肯及早實行，日後就會破壞骨肉之情，甚至殺他們的頭，難道這與秦末之時有什麼不同麼！

憑借天子之位，趁現在的有利時機，在通過上天的幫助，尚且還會害怕轉危爲安、轉亂成治的措施推行不利，假設陛下處在齊桓公的位置上，恐怕就不會聯合諸侯去匡正天下了吧？我也知道陛下一定不會那樣的。假設天下的形式還像過去一樣，淮陰侯韓信還在當楚王，黥布做淮南王，彭越是梁王，韓王信做韓王，張敖封趙王，並由貫高輔佐，盧綰做燕王，陳豨做代王，倘若這六七個王都沒被剿滅，而陛下也正好繼承天子位，自己還能有安全感麼？我知道陛下是不會的。天下混亂時，高祖與諸王公一同起事時，並沒有倚靠旁系親屬的力量。這些王公中幸運的做了中涓，其次的做了舍人，他們才實不符的情況很嚴重。高祖憑借着他的聖明威武做了天子，割劃出肥沃的土地給諸侯王統治，多的有上

仁厚儉恕

秦末，楚漢相爭，生靈塗炭。漢朝建立後，制定了「休養生息」的國策。漢文帝篤信黃老學說，反對法家的「重刑輕罪」主張，不僅要求「君正」，而且要求「法正」。因此，漢文帝在「絕秦之跡，除其亂法」的思想指導下，對刑律進行了一系列的改革。

百個城，少的也有三四十個縣，恩德已經非常優厚了，但在之後的七年裏，謀反叛亂就發生了九次。陛下對諸王，並不是通過親自與之較量才讓他們臣服的，也並非處于本意封賞他們做諸侯王的，所以從高祖幾乎因此沒得到一年安寧，這件事上來看，我知道陛下也無法在此事上得到片刻安寧。

不過，上述情況，還可以找到借口，就是「關係疏遠」，那麼，請允許我試着說一說親族中的諸侯王好了。假如派遣悼惠王去統治齊，元王去統治楚，隱王去統治趙，幽王去統治淮陽，恭王去統治梁，靈王去統治燕，厲王去統治淮南，假如這六七位身份尊貴之人還全都健在，陛下若在這時即皇帝位，能使天下大治麼？我知道陛下還是做不到的。像這樣的諸侯王，雖然有臣子的名份，實際上卻都懷有普通百姓中那種兄弟間平等分家的心思，心中無視天子之制，都想着自己當天子。他們擅自封賞爵位，赦免死罪，甚至還有的乘坐了祇有天子才能享有的黃屋車，沒有一個執行漢朝的法令。就算執行了，也有如同厲王那樣不遵守的，對他的命令都不肯聽從，召見他又怎麼會來呢！就算幸運地召來了，又怎麼能把法令施加給他呢！對一個皇親國戚動手懲處，會驚動天下諸王關注此事，陛下的臣子裏面就算有馮敬那樣勇敢的人，就在他剛一張嘴說話的時候，行刺的匕首就已經扎入胸膛了。即使陛下賢明，又有誰能與您一起來治理諸王呢？所以關係疏遠的諸王絕對是危險的，而親族的諸王也必然會作亂，事實已然擺在眼前了。那些強盛了就叛上做亂的異姓諸王，很幸運，大漢已將其戰勝，但是並沒有改變叛亂爲何而起的原因。同姓諸侯王因襲了這一發動叛亂的傳統，現今已有徵兆，完全有死灰復燃的勢態。災禍的變化，尚且不知道會轉移到哪去，聖明的皇上在位尚且不能安定國家，後世還能怎麼辦呢！

屠牛坦一個早晨就能宰割十二頭牛，而刀鋒卻並沒有變鈍，這是因爲他宰牛時的刮剔割剝等動作，都是順着肌肉的紋理下刀。等到了髖骨、胯骨那裏時，就會換成大小斧子來砍。仁義恩澤，如同人君的刀刃；權勢法制，如同君王的斧斤。現如今，諸王好比髖骨胯骨，若棄斧斤而不用，祇想着拿刀刃

去應對，我認爲刀子要麼出缺口要麼就會折斷。爲何仁義恩澤不能施與淮南王和濟北王等人呢？這是因爲形勢不允許呀。微臣在私下裏仔細查核了之前的事，大部分情況是勢力強大的先行反叛：淮陰侯韓信當時統治楚國，實力最強，也是最先反叛；韓王信依靠着匈奴的力量，于是第二個反叛；貫高依仗趙國的財資，也就又反叛了；陳豨的部隊精鋭，就也反叛了；彭越憑借梁國的力量，反叛了；黥布坐擁淮南國，也反叛了；盧綰勢力最弱，所以才最後一個反叛。長沙王吳芮的食邑僅僅是二萬五千封戶，功勞很少卻得到保全，勢力最弱但是對漢朝卻最忠；這並非衹是因爲性情跟其他人不同，也是由于形勢使然。如果從前命令樊噲、酈商、周勃、灌嬰占據幾十個城封爲諸王，那麼現如今即使他們的勢力已經衰弱，也是不可以的；假如讓韓信、彭越之類的人，衹是位居徹侯的地位，即便存活至今，也是可行的。這樣看來，天下大計就可想而知了。

要想使諸王都對漢朝忠心歸附，就莫過于讓他們像長沙王那樣；要想使臣子不至于被菹醢，就莫過于使他們像樊噲、酈商那徉；要想使天下安定，莫過于多立諸侯國但使其勢力弱小。倘若力量弱小則容易以道義來指揮，國土小則沒有反叛之心。這樣一來，全國的形勢，就如同身體使用手臂，手臂使用手指一樣，沒有不遵從命令的，諸王若不敢有反叛之心，就會像輻條一樣歸順天子，即便是普通百姓，都知道諸王的安穩，于是天下就都會知曉陛下的英明。分割土地並且規定制度，使齊、趙、楚三個王國各自分爲若幹小國，讓悼惠王、趙幽王和楚元王的子孫，都依次受封祖先的封地，直到國土分盡爲止，至于燕、梁等其他國也實行這樣的政策。對那些封地大而子孫少的，也分建若幹小國，暫時空置起來，等到他們的子孫出生以後，再行分封治理。諸王的封地，已經被削除收歸漢朝所有的，就要因爲取消其封國的原因，要等到子孫到了可以接受的時候，就按其國應有的戶數，給予補償；就算是一寸土、一個人，天子也不占有他們的利益，衹是誠心誠意爲了天下太平罷了，于是這樣，天下人就都會知道陛下是清正廉潔的。衹要分封土地的制度一旦確定下來，宗室子孫就不會有不考慮保全自己統治的，臣子沒有背叛的心思，皇帝沒有誅伐的想法。所以天下人就都會知道陛下的仁愛之心。如果法令制定以後沒人觸犯，政令推行以後沒人抵觸，貫高、利幾等人不策劃陰謀，柴奇、開章等人不圖行詭計，百姓們一心向善，大臣們向皇上表致忠順，天下人就都會知道陛下的道義。這樣的話就算讓幼兒躺着治理天下也會安定，就算扶植遺腹子做皇上，或者讓臣子朝拜先帝留下來的皇袍，天下

也不會混亂。若當時天下安定不亂，後世也會稱頌陛下的聖明。衹需要采取一項措施，就相應地建立其他五種，陛下您又因爲害怕什麼而許久不施行呢？

天下當今的形勢嚴峻就像患了腳腫病，小腿粗得幾乎跟腰一樣，腳指腫得幾乎像大腿，平時都無法自如屈伸，有一兩個趾頭抽搐，就會覺得周身無所依賴。若錯失醫治的時機，一定會成爲頑症，就算日後遇到扁鵲那樣的神醫，都沒有辦法了。目前的病因還不衹是腫腳，還因苦于腳掌折斷。楚元王的兒子，是陛下的叔伯兄弟；當今的楚王，是遠房弟弟。齊悼惠王的兒子，是陛下親侄子；當今的齊王是陛下的侄孫。連陛下自己的子孫，還有沒被分封土地以便于安定天下的情況，遠親中倒是有掌握大權能威脅到天子的。所以微臣說：不僅因爲腳腫病，還苦于腳掌折斷。讓人忍不住痛哭的，正是這樣的病症呀。

作者簡介

晁錯（前二〇〇年—前一五四年），西漢政論家，潁川（今河南禹縣）人。初從張恢學申不害、商鞅的法家學說。文帝時任太常掌故，後爲太子家令，得太子（即景帝）信任，號「智囊」。景帝即位，任爲御史大夫。他堅持「重本抑末」的政策，主張納粟受爵，建議募民充實塞下，積極備禦匈奴貴族的攻掠，削弱諸侯王國的封地，鞏固中央集權制度，得到景帝采納。不久，吳楚等七國以誅晁錯爲名，發動武裝叛亂，他被袁盎所譖殺。所著政論有《論募民徙塞下》、《論貴粟疏》等，議論深刻。

論貴粟疏

晁錯

題解 西漢初期奉行「與民休息」的政策，重視農桑，使得農業繁榮，商業發展。但因商業發展，大地主、大商人對農民兼並侵奪，以至大批農民流離失所，階級矛盾很嚴重。文帝時晁錯上了這篇奏疏，提出要重農抑商，論述了「貴粟」的重要意義，這對當時社會經濟的穩定發展起到了積極的作用。

原文 **聖王在上，而民不凍飢者，非能耕而食之，織而衣之也，爲開其資財之道也。故堯、禹有九年之水，湯有七年之旱，而國無捐瘠①者，以畜積多而備先具也。**

吳楚材、吳調侯：此句是一篇主意也。

吳楚材、吳調侯：故民有餘力。後世不能開資財之道，故患在無備。以聖王形當時，謂當時蓄積未及，弊在不農，下因言不農之害。

今海內爲一，土地人民之衆，不避禹、湯，加以之天災數年之水旱，而畜積未及者，何也？地有餘利，民有餘力，生穀之土未盡墾，山澤之利未盡出也，遊食之民未盡歸農也。

民貧則奸邪生，貧生于不足，不足生于不農，不農則不地著②，不地著則離鄉輕家，民如鳥獸，雖有高城深池，嚴法重刑，猶不能禁也。夫寒之于衣，不待輕暖；饑之于食，不待甘旨；饑寒至身，不顧廉恥。人情一日不再食則饑，終歲不制衣則寒。夫腹饑不得食，膚寒不得衣，雖慈母不能保其子，君安能以有其民哉！明主知其然也，故務民于農桑，薄賦斂，廣畜積，以實倉廩，備水旱，故民可得而有也。

民者，在上所以牧之，趨利如水走下，四方無擇也。夫珠玉金銀，飢不可食，寒不可衣，然而衆貴之者，以上用之故也。其爲物輕微易藏，在于把握，可以周海內而無飢寒之患，此令臣輕背其主，而民易去其鄉，盜賊有所勸，亡逃者得輕資也③。粟米布帛，生于地，長于時，聚于力，非可一日成也。數石之重，中人弗勝，不爲奸邪所利，一日弗得而饑寒至。是故明君貴五穀而賤金玉。

今農夫五口之家，其服役者不下二人，其能耕者，不過百畝，百畝之收，不過百石。春耕，夏耘，秋獲，冬藏，伐薪樵，治官府，給徭役。春不得避風塵，夏不得避暑熱，秋不得避陰雨，冬不得避寒凍，四時之間，無日休息。又私自送往迎來，弔死問疾，養孤長幼在其中。勤苦如

耕織圖

粟米和布帛的原料從地裏生出，在一定的季節裏成長，收穫也需要人力，不可能在短期內完成。

吳楚材、吳調侯：細陳田家辛苦顛連之狀，如在目前。下復將商賈相形一番，情事愈透。

此，尚復被水旱之災，急政④暴虐，賦斂不時，朝令而暮改。當具⑤，有者半賈而賣，無者取倍稱之息，于是有賣田宅、鬻子孫以償責者矣。而商賈大者積貯倍息，小者坐列販賣，操其奇贏⑥，日遊都市，乘上之急，所賣必倍。故其男不耕耘，女不蠶織，衣必文采，食必粱肉，亡農夫之苦，有阡陌⑦之得。因其富厚，交通王侯，力過吏勢，以利相傾，千里遊敖，冠蓋⑧相望，乘堅策肥⑨，履絲曳縞⑩。此商人所以兼並農人，農人所以流亡者也。今法律賤商人，商人已富貴矣；尊農夫，農夫已貧賤矣。故俗之所貴，主之所賤也；吏之所卑，法之所尊也。上下相反，好惡乖迕，而欲國富法立，不可得也。

方今之務，莫若使民務農而已矣。欲民務農，在于貴粟。貴粟之道，在于使民以粟爲賞罰。今募天下入粟縣官，得以拜爵⑪，得以除罪。如此，富人有爵，農民有錢，粟有所渫⑫。夫能入粟以受爵，皆

吳楚材、吳調侯：與納馬少而復卒多者，相去甚遠。此正見以粟爲賞罰，最是良法。

有餘者也。取于有餘，以供上用，則貧民之賦可損，所謂損有餘，補不足，令出而民利者也。順餘民心，所補者三：一曰主用足，二曰民賦少，三曰勸農功。今令⑬：「民有車騎馬一匹者，復卒三人⑭。」車騎者，天下武備也，故爲復卒。神農⑮之教曰：「有石城十仞，湯池⑯百步，帶甲百萬，而亡粟，弗能守也。」以是觀之，粟者，王者大用，政之本務。令民入粟受爵，至五大夫⑰以上，乃復一人耳。此其與騎馬之功，相去遠矣。爵者，上之所擅，出于口而無窮；粟者，民之所種，生于地而不乏。夫得高爵與免罪，人之所甚欲也。使天下人入粟于邊，以受爵免罪，不過三歲，塞下⑱之粟必多矣。

注釋

①捐瘠：被遺棄和瘦得不成樣子的人。②地著：定居在某一地方。③輕資：輕便的物資。④急政：指「急徵」，急迫地徵收賦稅的政令。⑤當具：當交納的時候。⑥奇贏：商賈所獲之餘物與贏利。⑦阡陌：本指田間的道路，這裏指田畝。⑧冠蓋：指古代上層社會的服飾

輿車乘。⑨乘堅策肥：乘堅車，趕肥馬。⑩履絲曳縞：脚穿絲鞋，身披絲織長衣。⑪拜爵：封爵位。⑫渫：流通。⑬今令：現行法令。⑭車騎馬：用于車騎的戰馬。復卒三人：免除三個人的兵役。⑮神農：指神農氏，傳説中的部落首領。⑯湯池：險要的城池。湯，沸水。池，護城河。⑰五大夫：漢代的爵位有二十級，五大夫排爲第九級。⑱塞下：指邊塞。當時主要是長城一帶。

譯文

聖明的君王統治下百姓不挨餓受凍的原因，並非是君王能親自種糧食給他們吃，織布匹給他們穿，而是由于他可以爲人民開發財源。所以唐堯、夏禹之時有過九年的水災，商湯之時有過七年的旱災，但卻無餓死或餓瘦的人，這是因爲貯藏積蓄的東西多，早有防範。

現在天下統一，土地人口之數，不亞于湯、禹之時，又沒發生連年的水旱災害，但積蓄卻不如湯、禹之時，這是爲什麼呢？是因爲土地還有潛力，百姓還有餘力，能長穀物的土地尚未全部開墾，山林湖沼的資源尚未完全開發，遊手好閑的人還沒全都回到務農上去。

百姓生活貧困，就會滋生邪惡。貧困是因不富足，不富足是由于不務農，不從事農業就不能安居

耕種圖

一處，不能定居就會輕易離開家鄉，像鳥獸一樣四處奔散；這樣的話，國家即使有高的城牆，深的護城河，嚴厲的法令，殘酷的刑罰，還是無法禁止他們。人在受凍時，不會等有了輕暖的皮衣才穿；飢餓時，也不會強求美味；飢寒交迫，就顧不上廉恥了。人之常情是：一天吃不到兩頓飯就要挨餓，整年不做衣服穿就會受凍。那麼，肚子餓了吃不到東西，身上冷了無衣穿，即使是慈母也不能留住她的兒子，國君又怎能保有他的人民！賢明的君主懂得這個道理，所以讓人民從事農桑，減輕他們的賦稅，增加糧食的積累，以便充實倉庫，防備水旱災荒，故而也就能夠擁有人民。

百姓呢，在于君主用來管理他們的方法，他們追逐利益就像水往低處流一樣，不管東南西北。珠玉金銀這些東西，餓時

不能充飢，冷了不能禦寒，然而人們還是重視，是君主需要它的緣故。珠玉金銀這些物品，輕便小巧，容易收藏，拿在手裏，可以遊遍全國而無饑寒的威脅，這就會使臣子輕易地背叛君主，而百姓也隨便地離開家鄉，盜賊受到了鼓勵，犯法逃亡的人有了輕便易帶的財物。粟米和布帛的原料從地裏生出，在一定的季節裏成長，收獲也需要人力，不可能在短期內完成。幾石重的糧食，中等體力的人拿不動它，也不爲奸邪的人所貪圖，可是一天得不到這些就要挨餓受凍。因此，賢明的君主以五穀爲貴而輕視金玉。

現在農民中的五口之家，爲國家服勞役的不少于二人，能夠耕種的土地不到百畝，百畝的收成不超過百石。春天耕地，夏天鋤草，秋天收獲，冬天儲藏，還得伐木柴，修理官府的房舍，服勞役。春天不能避沙塵，夏天不能避暑熱，秋天不能避陰雨，冬天不能避寒冷，一年四季，沒有一天休息。還要忙于私人方面的迎來送往，弔唁死者，看望病人，贍養孤老，養育幼兒。農民如此辛苦，還可能遭受水旱災害，官府又要殘暴徵斂，不時攤派，早晨下命令，晚上就要改變。有糧食的農民，常半價賤賣以交稅；無糧之人衹好以加倍的利息借債納稅；于是就出現了賣田宅、賣子孫來還債的事。而那些商人們，大的囤積貨物，獲取成倍的利息；小的販賣貨物，牟取高利，他們每日到集市遊逛，趁政府急需貨物的機會，所賣糧食的價格就加倍。所以商人家中男的不耕種田地，女的不用養蠶織布，穿的必定是華美的衣服，吃的必定是精美的米和肉；不像農夫般勞苦，卻占有農桑的收獲。依仗自己富厚的錢財，結交王侯，勢力超過官吏，爭奪權利，相互傾軋；他們到各地遊蕩，車乘絡繹不絕，乘堅固的車，騎壯實的馬，腳穿絲鞋，身披綢衣。這就是商人兼並農民，農民流亡在外的原因。如今法律輕視商人，而商人實際上已經富貴了；尊重農民，而農民已經貧賤了。所以世俗人所看重的，正是君主所輕賤的；官吏所輕視的，正是法律所尊重的。上下相反，好惡相背，在這種情況下，要想使國家富裕，法律有效，那是不可能的。

當今應做的，沒有比使百姓務農更爲重要的了。而要想使百姓從事農業，關鍵在于提高糧價。抬高糧價的辦法，在于讓百姓可以用糧食求賞或免罰。現在應該號召天下百姓交糧給政府，就可以得封爵位，或免除罪過。這樣，富人得到爵位，農民得到錢財，糧食得到流通。能交納糧食得到爵位的，都是富有的人。從富有的人那裏得到貨物供應朝廷使用，那麼貧苦百姓所擔負的賦稅就可以減輕，這

就叫作用有餘的補不足的，此令一出，百姓就能夠得益。順乎百姓的心願，有三個好處：一是君主所用的東西充足；二是百姓的賦稅減輕；三是鼓勵務農。按現行法令：「百姓能輸送一匹戰馬的，可以免除三個人的兵役。」戰馬是全國通用的軍事裝備，所以可以使人免除兵役。神農氏有教導說：「有十仞高的石砌城牆，有百尺寬貯滿沸水的護城河，百萬武裝好的兵士，如果沒有糧食，那是守不住的。」可見，糧食是君王最需要的物資，是國家最根本的政務。現在讓百姓交糧換爵，封到五大夫以上，才免除一個人的兵役。這與交納戰馬的功用差得太遠了。封爵的權力，是皇上專有的，衹要一開口，就可以無窮無盡地封賞；糧食，是百姓種出來的，可以不斷在土地中長出。封爵與贖罪，是人們十分嚮往的事。如果讓天下百姓都向邊境獻納糧食，換取爵位，免除罪過，那麼，不到三年，邊境的糧食必定會多起來。

作者簡介

鄒陽，西漢文學家。齊（今山東東部）人。初從吳王劉濞，有《上吳王書》。吳王要起兵反抗中央朝廷，他勸諫無效；後投梁孝王，被梁孝王周圍的幕僚讒害。梁孝王聽信讒言，將鄒陽逮捕入獄，判處死罪。鄒陽在此情形下，寫了《獄中上梁王書》，申訴冤屈。梁孝王讀此書後，釋放了鄒陽，並以鄒陽爲上客。鄒陽的散文，尚有戰國時期的遊士縱橫善辯之風。鄒陽現存的作品極少，從僅存的《上吳王書》和這篇《獄中上梁王書》來看，他善于用典，好寫駢句，文采華麗。

獄中上梁王①書

鄒陽

題解 梁王是漢景帝的胞弟，有人勸他刺殺反對立他爲嗣的袁盎，鄒陽勸阻，被人讒毀下獄。作者在此書中，並不媚上乞憐，而是繼續諫諍，以史實爲據，借古喻今，説明自己的忠心卻被疑獲罪。梁王見書後便放了他。

原文 鄒陽從梁孝王遊。陽爲人有智略，慷慨不苟合，介于羊勝、公孫詭之間。勝等疾陽，惡之孝王。孝王怒，下陽吏，將殺之。陽乃從獄中上書曰：

臣聞：忠無不報，信不見疑。臣常以爲然，徒虚語耳。昔荆軻慕燕丹之義②，白虹貫日③，太子畏之；衛先生爲秦畫長平之事④，太白

食昴⑤，昭王⑥疑之。夫精誠變天地，而信不諭兩主，豈不哀哉！今臣盡忠竭誠，畢議願知，左右不明，卒從吏訊，爲世所疑，是使荊軻、衛先生復起，而燕秦不寤也。願大王孰察之。

昔玉人⑦獻寶，楚王⑧誅之；李斯⑨竭忠，胡亥⑩極刑。是以箕子⑪陽狂，接輿避世，恐遭此患也。願大王察玉人、李斯之意，而後楚王、胡亥之聽，毋使臣爲箕子、接輿所笑。臣聞比干剖心，子胥鴟夷，臣始不信，乃今知之。願大王孰察，少加憐焉。

吳楚材、吳調侯：以上自謂忠而獲罪，信而見疑，故引荊軻、衛先生之事明之，又引玉人、李斯、比干、子胥足其意，是爲第一段。

語曰：「有白頭如新，傾蓋如故。」何則？知與不知也。故樊於期⑫逃秦之燕，借荊軻首以奉丹事；王奢⑬去齊之魏，臨城自剄，以卻齊而存魏。夫王奢、樊於期非新于齊、秦而故于燕、魏也，所以去二國、死兩君者，行合于志而慕義無窮也。是以蘇秦⑭不信于天下，爲燕尾生⑮；白圭⑯戰亡六城，爲魏取中山。何則？誠有以相知也。蘇秦相燕，人惡之于燕王，燕王按劍而怒，食以駃騠⑰；白圭顯于中山，人惡之于魏文侯⑱，文侯賜以夜光之璧。何則？兩主二臣，剖心析肝相信，豈移于浮辭哉！

吳楚材、吳調侯：以上思其見疑獲罪之由，皆因于知與不知，故歷引王奢、樊於期、蘇秦、白圭證之。是爲第二段。

故女無美惡，入宮見妒；士無賢不肖，入朝見嫉。昔司馬喜臏腳于宋⑲，卒相中山；范睢拉脅⑳折齒于魏，卒爲應侯。此二人者，皆信必然之畫，捐朋黨之私，挾孤獨之交，故不能自免于嫉妒之人也。是以申徒狄㉑蹈雍之河，徐衍㉒負石入海。不容于世，義不苟取比周于朝，以移主上之心。故百里奚㉓乞食于道路，繆公㉔委之以

孫叔敖　春秋時期楚國人，楚莊王時任令尹。

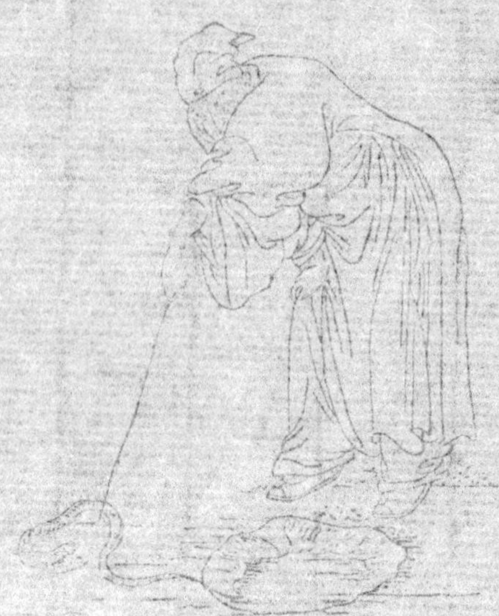

吳楚材、吳調侯：以上思其不見知之由，在于無朋黨之私，被讒佞之口，故引司馬喜范雎申徒狄徐衍四人，爲無朋黨之證，引齊秦宋魯四君，爲信讒不信讒之證。是爲第三段。

吳楚材、吳調侯：言士皆樂爲之用也。以上思其朋黨得後援，讒佞得援，讒佞得行。因于人主之不能欲善無厭，故歷引桓文秦越反復明之。是爲第四段。

政；寧戚㉕飯牛車下，桓公任之以國。此二人者，豈借譽于左右，然後二主用之哉！感于心，合于行，堅如膠漆，昆弟不能離，豈惑于衆口哉？故偏聽生奸，獨任成亂。昔魯聽季孫之說逐孔子；宋任子冉之計囚墨翟。夫以孔、墨之辯，不能自免于讒諛，而二國以危。何則？衆口鑠金，積毁銷骨也。秦用戎人由余㉖，而霸中國；齊用越人子臧㉗，而強威、宣。此二國豈係于俗，牽于世，係奇偏之浮辭哉？公聽並觀，垂明當世。故意合則吳、越㉘爲昆弟，由余、子臧是矣；不合則骨肉爲讎敵，朱、象、管、蔡是矣㉙。今人主誠能用齊、秦之明，後宋、魯之聽，則五伯不足侔，而三王易爲也。

是以聖王覺寤，捐子之㉚之心，而不說田常之賢，封比干之後，修孕婦之墓，故功業覆于天下。何則？欲善無厭也。夫晉文㉛親其仇，強伯諸侯；齊桓用其仇㉜，而一匡天下。何則？慈仁殷勤，誠加于心，

不可以虛辭借也。至夫秦用商鞅之法，東弱韓、魏，立強天下，卒車裂之；越用大夫種之謀，禽勁吳而伯中國，遂誅其身。是以孫叔敖㉝三去相而不悔，于陵子仲㉞辭三公，爲人灌園。今人主誠能去驕傲之心，懷可報之意，披心腹，見情素，墮肝膽，施德厚，終與之窮達，無愛于士，則桀之犬可使吠堯，跖之客可使刺由；何況因萬乘之權，假聖王之資乎？然則荆軻湛七族，要離㉟燔妻子，豈足爲大王道哉！

臣聞明月之珠，夜光之璧，以暗投人于道，衆莫不按劍相眄者。何則？無因而至前也。蟠木根柢，輪囷離奇，而爲萬乘器者，以左右先爲之容也。故無因而至前，雖出隨珠和璧，只怨結而不見德。有人先遊，則枯木朽株，樹功而不忘。今夫天下布衣窮居之士，身在貧羸，雖蒙堯舜之術，挾伊、管之辯，懷龍逢、比干之意，而素無根柢之容，雖極精神，欲開忠于當世之君，則人主必襲按劍相眄之跡矣。是使布

吳楚材、吳調侯：懷才不遇，宜有此激憤。

衣之士，不得爲枯木朽株之資也。

是以聖王制世御俗，獨化于陶鈞之上，而不牽乎卑亂之語，不奪乎衆多之口。故秦皇帝任中庶子蒙嘉㊱之言以信荆軻，而匕首竊發；周文王獵涇、渭，載呂尚歸，以王天下。秦信左右而亡；周用烏集而王。何則？以其能越攣拘之語，馳域外之議，獨觀乎昭曠之道也。今人主沈諂諛之辭，牽帷廧之制，使不羈之士與牛驥同皁，此鮑焦㊲所以憤于世也。

臣聞盛飾入朝者，不以私汚義；砥厲名號者，不以利傷行。故里名勝母㊳，曾子不入；邑號朝歌㊴，墨子回車。今欲使天下寥廓之士，籠于威重之權，脅于位勢之貴，回面汚行，以事諂諛之人，而求親近于左右，則士有伏死堀穴巖藪之中耳，安有盡忠信而趨闕下㊵者哉？

誠心求賢

明主應當廣求賢才。明宣宗謂侍臣曰：「人君誠心求賢，固無不得之理。文王因田獵遇太公，亦豈非誠心相感？水流濕，火就燥，雲從龍，風從虎，物皆有相感之理，況一代君臣乎？蓋天佑國家，必生賢哲爲之輔翊，高宗思道之心，蓋有格于天矣。」

注釋

①梁王：指梁孝王，即劉武，漢文帝次子，漢景帝之弟，前一六八年，封爲梁王，都睢陽。②荆軻（？—前二二七年），戰國末期的刺客。衛國人，衛人叫他慶卿。遊歷燕國，燕人叫他荆卿，亦稱荆叔。燕丹：燕太子丹，燕王喜的太子，名丹。曾去秦國做人質，秦王政對他無禮，後由秦國逃歸燕國，厚養荆軻。前二二七年，太子丹派荆軻入秦刺秦王，失敗後荆軻當場被殺死。次年秦國攻破燕國，太子丹也被殺死。③白虹貫日：精誠感天之象。傳説荆軻出發時，出現了白虹貫日的天象。④衛先生：秦人。長平之事：指前二六〇年，秦將白起在長平大敗趙軍，欲趁勢滅趙，派衛先生去見秦昭王，請求增兵。但應侯范雎從中作梗，秦昭王懷疑白起，不發兵糧，事遂不成。⑤太白：金星。昴：星宿名。⑥昭王：指秦昭王，即嬴稷。前三〇六年至前二五一年在位。

⑦玉人：指卞和。相傳卞和得到一塊璞，獻給楚厲王，楚厲王及其左右愚笨無知，誤以爲石，砍掉了卞和的左脚。楚武王即位，卞和又獻，又被砍去右脚。文王即位，卞和抱着玉璞在王宫前哭了三天三夜，文王命人剖開玉璞，得稀世美玉，世稱和氏璧。⑧楚王：指楚武王，前七四〇年至前六九〇年在位。⑨李斯（？—前二〇八年）：秦代政治家，楚上蔡（今河南上蔡西南）人。戰國末年入秦，初爲吕不韋舍人，後被秦王政任爲客卿，廷尉。秦統一六國後，任丞相。秦始皇死後，秦二世聽信趙高讒言，處其極刑。⑩胡亥：秦二世（前二三〇年—前二〇七年），前二一〇年至前二〇七年在位。秦始皇少子，勾結趙高、李斯，在秦始皇死後，發動政變，殺死其兄扶蘇，篡奪皇帝位。後被趙高殺死。⑪箕子：商朝人。名胥餘，殷紂王的叔父。封于箕，故稱箕子。殷紂王荒淫昏亂，箕子因諫被囚，怕遭殺害，便假裝瘋狂。⑫樊於期：原秦將，因被讒害逃亡燕國，投奔燕太子丹。秦王政殺了他的全家，並懸重金購其頭。燕太子丹派荆軻去謀刺秦王政，樊於期以自己的頭，助荆軻刺秦王政。⑬王奢：齊臣。因得罪齊王逃亡魏國。齊伐魏，王奢自殺。⑭蘇秦：戰國時期東周洛陽（今河南洛陽東）人，字季子。奉燕昭王命入齊，從事反間活動，暴露後被車裂而死。⑮尾生：傳説古代堅守信約的人。據説他與一女子相約在橋下相見，女子没到，大水來了，他抱橋柱死在了橋下。⑯白圭：戰國時期中山國的將領，因丢失六座城，中山王要殺他，逃到魏國後，魏文侯待他極厚，他幫助魏國攻滅了中山國。⑰駃騠：良馬名。⑱魏文侯：魏斯。魏國國君，前四四五年至前三九六年在位。⑲司馬喜：戰國時期宋國人。在宋國受刑後，逃亡中山國，做了宰相。臏脚：挖掉膝蓋骨的刑罰。⑳范雎（？—前二五五年）：戰國時期魏國人。因被須賈誣告，化名張禄逃亡秦國，被秦昭王重用爲相，封應侯。肋：從腋下至肋骨盡處。㉑申徒狄：商朝人，姓申徒，名狄。傳説因諫君不被聽信，便自投雍水而死。㉒徐衍：西周末年人，因不滿于亂世，負石投海自盡。㉓百里奚：春秋時虞國大夫。晋滅虞，被俘虜。後來作爲陪嫁奴僕，隨同晋獻公女兒一同入秦。在入秦的途中，他逃往楚國。秦穆公聽説他有才能，很想重用他，又怕楚國不放，便用五張羊皮去同楚交换得百里奚，後任爲大夫。㉔繆公：秦穆公，姓嬴，名任好。前六五九年至前六二一年在位。㉕寧戚：春秋時期衛國人，以經商販牛爲業。齊桓公外出，見寧戚唱着歌喂牛，與之交談，知其爲賢者，

便舉爲大夫。㉖由餘：春秋時期晉國人，逃亡到戎人地區。後奉戎王之命出使秦國，被秦穆公重用。秦穆公用由余之策，開地千里，遂霸西戎。㉗子臧：春秋時期越人。其事跡不詳。㉘吴、越：一本作「胡、越」，釋文作胡、越解。㉙朱、象、管、蔡：朱，指丹朱，堯的兒子。象，指虞舜的異母弟象。管蔡，指管叔度與蔡叔鮮，他二人都是周武王的弟弟。周武王死後，周成王年幼，周公旦輔政。管叔、蔡叔便與商紂王的兒子武庚在東方發動叛亂，結果被鎮壓。周公旦殺了武庚和管叔，流放了蔡叔。㉚子之：人名。戰國時期燕王噲的相。燕王噲非常信任子之，竟把王位讓給了子之。㉛晉文：重耳，前六三六年至前六二八年在位。晉獻公之子。晉文公在驪姬之亂時，寺人披曾奉命去追殺他。後寺人披求見晉文公，晉文公不記前仇，接見了寺人披，結果避免了被吕甥、郤芮殺害的禍患。㉜齊桓用其仇：指齊桓公任用管仲。㉝孫叔敖：春秋時期楚國人，楚莊王時任令尹。㉞于陵子仲：齊國于陵（今山東長山南）人。楚王欲舉他爲相，他便同妻子逃跑了。㉟要離：春秋時期吴國人。吴王闔閭派要離去衛國刺殺吴王僚之子慶忌，在回吴國的船上刺死了慶忌，他也隨即自殺。㊱蒙嘉：人名，秦王政之寵臣。荆軻刺秦王，即由蒙嘉引見的。㊲鮑焦：周之隱士，節行非世，廉潔而守，不爲天子臣，最後抱木餓死。㊳勝母：里名，故縣名。㊴朝歌：商朝都城名，在今河南湯陰南。㊵闕下：宫闕之下，帝王居住的地方。

譯文

鄒陽跟從梁孝王。他很有謀略，有志向不輕易迎合別人，與羊勝、公孫詭相處。羊勝等嫉妒鄒陽，在孝王面前詆毀他。梁王很生氣，把他交給獄吏，要殺他。鄒陽于是從獄中上書說：

臣聽說：忠心不會得不到報答，誠實不會遭受懷疑。臣曾經以爲這話說得對，實際卻不是。從前荆軻仰慕燕太子丹的義氣，看到白虹横貫太陽的景象，太子丹卻不放心他；衛先生爲秦國策劃長平滅趙之計，太白星出現于昴宿，秦昭王卻懷疑他。精誠感動天地，卻得不到兩位君主的信任，難道不可悲嗎！現在臣盡忠竭誠，講出我全部的想法，大王左右的人卻不明白，還把我交給獄吏審訊，被世人懷疑，正如荆軻、衛先生重生，而燕太子、秦昭王仍然不覺悟啊。希望大王好好考慮。

從前卞和獻寶，被楚王殺掉；李斯盡忠，卻被秦二世處以極刑。因此箕子裝瘋，接輿隱居，都是怕遭到這類禍害。希望大王明白卞和、李斯的本心，拋棄楚王、秦二世的偏聽，不要使臣被箕子、接

[illegible]

[illegible]

【譯文】鄒陽跟從梁孝王。他很有謀略，有志向不輕易迎合別人，與羊勝、公孫詭相處。羊勝等嫉妒鄒陽，在梁孝王面前詆毀他。梁王很生氣，把他交給獄吏，要殺他。鄒陽于是從獄中上書說：

臣聽說：忠心不會得不到報答，誠實不會遭受懷疑。臣曾經以為這話說得對，實際卻不是。從前荊軻仰慕燕太子丹的義氣，看到白虹貫穿太陽的景象，太子丹卻不放心他；衛先生為秦國策劃長平滅趙之計，太白星出現于昴宿，秦昭王卻懷疑他。精誠感動天地，卻得不到兩位君主的信任，難道不可悲嗎！現在臣盡忠竭誠，說出我全部的想法，大王左右的人卻不明白，還把我交給獄吏審訊，被世人懷疑。正如荊軻、衛先生重生，而燕太子、秦昭王仍然不覺悟啊。希望大王好好考慮。

從前卞和獻寶，被楚王砍掉腳；李斯盡忠，卻被秦二世處以極刑。因此箕子裝瘋，接輿隱居，都是怕遭到這種禍害。希望大王明白卞和、李斯的本心，拋棄楚王、秦二世的偏聽，不要使臣被箕子、接興嘲笑。臣子聽得比干被挖心，伍子胥死後被裹在馬皮囊裏棄屍江中，臣子原先不相信，今天才懂了。希望大王深思明察，給我點兒憐憫吧。

俗話說：「相處到老，依然陌生，停車交談，像老朋友。」爲什麼？關鍵在于相互間是否理解。所以樊於期從秦國逃到燕國，把自己的頭交給荆軻來幫助太子丹成就事業；王奢離開齊國投奔魏國，親上城樓自殺使齊軍退走以保存魏國。王奢、樊於期並非對齊、秦生疏而對燕、魏有深交，他們離開前兩個國家，爲後兩個國君而死，是因爲行爲志向與自己相合，他們無限地仰慕道義。因此蘇秦不被各國信任，卻在燕國成爲尾生一樣的人；白圭爲中山國作戰丟失六城，到了魏國卻能爲魏奪得中山。爲什麼？確實是因爲得到了君王的信任啊。蘇秦做燕相時，有人對燕王說他壞話，燕王按着劍把很生氣，反而對蘇秦更好；白圭攻下中山後很顯貴，有人對魏文侯說他壞話，魏文侯反而將夜光璧賜給他。爲什麼？兩個君主兩個臣子，肝膽相照、相互信任，豈能被無根據的話所改變！

女子無論是否美麗，進了宮就會受人嫉妒；士無論是否賢能，一入朝廷都會遭到排擠。從前司馬喜在宋國被挖去膝蓋骨，後來到中山國做了丞相；范雎在魏國被打斷了肋骨敲折了牙齒，後來到秦國被封爲應侯。這兩個人，都相信一定會實現的計謀，丟棄結黨的私情，以孤傲的態度交往別人，所以不可避免會受到別人的嫉妒。因此申徒狄自沉雍水，徐衍背負石頭跳海，他們與世俗不相容，堅持操守而不肯在朝廷裏同流合污改變君主的主意。所以百里奚在路上討飯，秦穆公讓他執政；寧戚在車下喂牛，齊桓公委任他治國。這兩個人，難道是常在朝廷做官，靠了左右親信說好話，然後才得到兩位君主的重用嗎！心意相通，行動相合，牢如膠漆，兄弟都不能離間他們，又怎麼會被衆人的讒言所迷惑呢？所以偏聽會產生奸邪，獨斷獨行會造成禍亂。從前魯國聽信季孫的壞話而趕走孔子；宋國采用了子冉的詭計把墨子拘禁。憑孔子、墨翟的口才，也不能避免讒言的中傷，而魯、宋兩國則陷于危機。爲什麼？衆人的嘴足以銷毀眞金，積年累月

范雎借宿遇故人

范雎在魏國被敲斷肋骨打掉牙齒，後來到秦國封了應侯。

真嗎。臣子聽說比干被挖心,伍子胥死後被裹在馬皮囊裏棄屍江中,臣子原先不相信,今天才懂了。希望大王深思明察,給我點兒憐憫吧。

俗話說:「相處到老,依然陌生;停車交談,像老朋友。」為什麼?關鍵在於相互間是否理解。所以樊於期從秦國逃到燕國,把自己的頭交給荊軻來幫助太子丹成就事業;王奢離開齊國投奔魏國,登上城樓自殺使齊軍退走以保存魏國。王奢、樊於期並非對齊、秦生疏而對燕、魏有深交,他們離開兩個國家,為後兩個國君而死,是因為行為志向與自己相合,他們無限地仰慕道義。因此蘇秦不被各國信任,卻在燕國成為尾生一樣的人;白圭為中山國作戰丟失六城,到了魏國卻能為魏奪得中山。為什麼?確實是因為得到了君王的信任啊。蘇秦做燕相時,有人對燕王說他壞話,燕王按着劍很生氣,反而對蘇秦更好;白圭攻下中山後很顯貴,有人對魏文侯說他壞話,魏文侯反而將夜光璧賜給他。為什麼?兩個君主兩個臣子,肝膽相照,相互信任,豈能被無根據的話所改變!

女子無論是否美麗,進了宮就會受人嫉妒;士無論是否賢能,一入朝廷都會遭到排擠。從前司馬喜在宋國被挖去膝蓋骨,後來到中山國做了丞相;范睢在魏國被打斷了肋骨、敲掉了牙齒,後來到秦國被封為應侯。這兩個人,都相信一定會實現的計謀,丟棄結黨的私情,以孤傲的態度交往別人,所以不可避免會受到別人的嫉妒。因此申徒狄自沉雍水,徐衍背負石頭跳海。他們與世俗不相容,堅持節操而不肯在朝廷裏同流合污改變君主的主意。所以百里奚在路上討飯,秦穆公讓他執政;寧戚在車下喂牛,齊桓公委任他治國。這兩個人,難道是靠在朝廷做官,靠了左右親信說好話,然後才得到兩位君主的重用嗎!心意相通,行動相合,牢固得像膠漆,兄弟都不能離間他們,又怎麼會被眾人的讒言所迷惑呢?所以偏聽會產生奸邪,獨斷獨行會造成禍亂。從前魯國聽信季孫的壞話而趕走孔子;宋國采用了子冉的詭計把墨子囚禁。憑孔子、墨翟的口才,也不能避免讒言的中傷,而魯、宋兩國則陷于危殆。為什麼?眾人的嘴足以銷毀真金,積年累月

范睢微服遇故人
范睢在魏國被敲斷肋骨打掉牙齒,
後來到秦國封了應侯。

的誹謗足以將人殺死。秦國任用了戎人由余而稱霸中原，齊國用了越人子臧而威王、宣王兩代強盛。這兩國豈是受俗見的束縛，被世人所牽制，爲偏執不實之詞所左右嗎？公正地聽取意見，觀察各個方面，爲當世留下一個明智的榜樣。所以心意相合，胡人越人也可以當作兄弟，由余、子臧就是例子；心意不合就是親骨肉也可以成爲仇敵，丹朱、象、管叔、蔡叔就是這樣。當今的君主如果眞能采取齊國、秦國的明智立場，置宋國、魯國的偏聽偏信于腦後，那麼不僅可以超越五霸，三王的功業也是能夠做到的啊。

因此，聖王能夠省悟，抛棄子之那種想法，不喜歡田常那種賢才，像周武王那樣封賞比干的後人，爲遭紂王殘害的孕婦修墳冢，功業才覆蓋天下。爲什麼？善政從不以爲夠了。晉文公親近往日的仇人，終于稱霸諸侯；齊桓公任用過去的敵對者，從而號令天下。爲什麼？慈善懇切，是虚假的言辭無法表達的。至于秦國采用商鞅的變法，削弱東邊的韓、魏，很快強盛于天下，最後卻把商鞅五馬分屍了；越王采用大夫文種的策略，打敗了強大的吳國而稱霸于中原，然後卻逼迫文種自殺了。因此孫叔敖三次離開相位也不後悔，于陵子仲推辭掉三公的高位去爲人澆灌菜園。當今的君主如果眞能去掉驕傲之心，懷着有功必報之意，袒露心胸，現出眞情，披肝瀝膽，厚施恩德，始終與人同甘苦，待人無所保留，那麼夏桀的狗可使它衝着堯狂吠，盜跖的部下可以叫他去殺許由；何況憑着國君的權力，借着聖王的地位呢？這樣，那麼荆軻滅七族，要離甘願燒死妻兒，還值得對大王說嗎！

臣子聽說明月珠、夜光璧，暗中投給路人，沒有不按着劍柄斜看的。爲什麼？是因爲無緣無故地出現在面前啊。彎曲的樹根，屈曲得模樣難看，倒能夠成爲君主的用具，是君主身邊的人先將其裝飾過了。所以無原因來到面前，即使獻出隨侯珠、和氏璧，也衹能遭忌結怨而不會令人感恩。有人先説好話，那枯木朽枝也會受到重視而令人難忘。當今天下身份低下、家境貧窮的士人，即使胸中懷有堯、舜的方略，具有伊尹、管仲的辯才，懷着龍逢、比干的忠誠，而且從來沒有樹根的模樣，雖然盡心竭力，打算向當世的君主獻上忠心，那麼君主一定以按着劍柄看的態度來對待了。這就使平民出身的士人得不到枯朽木頭的待遇了啊。

因此聖明的君主治理社會，要依據一定的原理，而不被奉承的話所牽制，不因衆說紛紜而改變主張。所以秦始皇聽信了中庶子蒙嘉，因而相信了荆軻，突然遭到暗藏的匕首；周文王于涇水渭水之間出獵，遇見呂尚同車而回，從而取得了天下。秦輕信左右而滅亡；周因爲偶然得到的人才而成王。爲

什麼？因爲文王能看清狹隘的言論，發揚天下的議論見解，獨自看到光明正大的道理。當今君主陷于阿諛奉承的言辭，受到妃妾近臣的牽制，使思想不受陳規拘束的人才與牛馬相同待遇，這就是鮑焦憤于世俗的原因。

臣聽說，穿戴莊重服飾進入朝廷的人，不要因私心玷污了節操；修身立名的人不爲私利去敗壞德行。所以里閭名叫「勝母」，曾子就不肯進入；都邑名爲「朝歌」，墨子就回車而行。現在要使天下胸懷大志的人才受到威重的權勢的囚禁，受到尊位顯貴的脅迫，改變面孔，自壞操行，拍阿諛小人的馬屁，求得親近君主的機會，那麼，士寧可老死在山洞草澤之中，怎會有向君主進忠來投奔的呢？

作者簡介

司馬相如（前一七九年—前一一八年），字長卿，蜀郡成都（今四川成都）人。景帝時，他做武騎常侍。由于景帝不喜歡辭賦，他前往梁國。他在梁國寫了《子虛賦》。梁孝王死後，司馬相如又回到蜀郡的臨邛。漢武帝讀了他的《子虛賦》很嘆賞，他的同鄉楊得章把他推薦給漢武帝，于是受到武帝召見，並在朝廷中獲得一個不顯要的官職。

漢武帝使唐蒙通夜郎、僰中（今貴州、四川境內），唐蒙在西南大肆騷擾百姓，漢武帝派司馬相如責唐蒙，叫相如寫《喻巴蜀檄》，一方面解釋唐蒙的騷擾不是漢武帝的意旨，一方面又威脅巴蜀人服從漢朝的命令。後來武帝又派相如「略定西南夷」，「邛筰冉駹斯榆」，各部落的酋長都來降漢。他還寫了一篇《難蜀父老》，假托蜀人的非難，說明了通西南夷的意義。

司馬相如的賦文以諷喻爲名，鋪張皇帝打獵和觀賞歌舞的享樂生活以及遊僊故事，作品的文字華麗雕琢，成爲漢魏文人模仿的對象。

上書諫獵

司馬相如

題解 此篇是爲勸阻漢武帝打獵而作。漢武帝有雄才大略，也奢侈靡費。司馬相如曾隨武帝出獵，看見了追逐猛獸的危險行爲。他寫了這篇諫獵書呈上。由于言辭委婉，勸諫與奉承結合得很恰當，武帝看了也很高興。

原文 相如從上至長楊①獵，是時天子方好自擊熊豕，馳逐埜②獸。

吴楚材、吴調侯：言犯清塵，不敢指斥也。卒然二字，伏下不及、不暇、不得用等字。

吴楚材、吴調侯：卒然遇獸一段，寫獸之駭發。清道後行一段，寫人之不意。末復反復申明之，悚然可畏之中，復委婉易聽。武帝所以善之也。

相如因上疏諫曰：

臣聞物有同類而殊能者，故力稱烏獲，捷言慶忌③，勇期賁、育④。臣之愚，竊以爲人誠有之，獸亦宜然。今陛下好陵阻險，射猛獸，卒然遇逸材⑤之獸，駭不存之地⑥，犯屬車之清塵⑦，輿不及還轅，人不暇施巧，雖有烏獲、逢蒙⑧之技不得用，枯木朽株，盡爲難矣。是胡越⑨起于轂下，而羌夷⑩接軫也，豈不殆哉！雖萬全而無患，然本非天子之所宜近也。

且夫清道而後行，中路而馳，猶時有銜橛之變⑪；況乎涉豐草，騁邱墟，前有利獸之樂，而内無存變之意，其爲害也不亦難矣。夫輕萬乘之重不以爲安，樂出萬有一危之途以爲娛，臣竊爲陛下不取。

蓋明者遠見于未萌，而知者避危于無形。禍固多藏于隱微，而發于人之所忽者也。故鄙諺曰：「家累千金，坐不垂堂⑫。」此言雖小，可以喻大。臣願陛下留意幸察。

納諫賜金

袁盎曾在霸陵勸漢文帝不可以帝王之尊身赴險境而馳下高坡，漢文帝賜金賞他。文中司馬相如勸諫漢武帝，與此同理。

注釋

①長楊：長楊宮，秦宮苑名。據説内有長楊樹。舊址在今陝西周至東南。②壄：「野」的異體字。③慶忌：春秋時期吴王僚之子。闔閭刺殺了吴王僚奪得王位後，想殺死慶忌，騎馬追捕他，也没有追到。故以跑得快著稱。④賁：指孟賁。戰國時期的勇士。據説他水行不避蛟龍，陸行不避狼虎，能生拔牛角。育：指夏育。戰國時期的勇士，傳説能力舉千鈞。⑤逸材：同「軼材」，謂過人之才。⑥不存之地：謂必死之地。⑦清塵：尊貴之人的代稱。⑧逢蒙：夏朝時的善射者。⑨胡越：指北方和南方的少數民族。⑩羌夷：指西方和東方的少數民族。⑪銜橛之變：謂車馬奔馳有傾覆的危險。⑫坐不垂堂：不坐堂

階之地，唯恐檐瓦墜地傷人。謂富有之人非常自愛。

【譯文】相如隨皇上到長楊打獵，那時天子正愛好親自射擊熊豕，追逐野獸。相如因此上書勸諫，說：

臣聽說物有同類而能力不同的，所以談到力氣要稱譽烏獲，論速度要提到慶忌，勇敢要數到孟賁、夏育。臣愚蠢，私下認爲人確實有這種現象，獸類也應該是這樣。現在陛下喜歡冒險，射獵猛獸，要是突然遇到非常凶猛的野獸，它們因身處絕境而驚起，向您的聖駕車騎猛撲；車子來不及掉頭，人來不及應變，即使有烏獲、逢蒙的技術也無法施展，枯樹朽枝全都成了障礙。這正如胡人越人突然出現在眼前，羌人夷人緊跟在車子後面，豈不是很危險！即使防備周全不會有危險，但這類事本來不是天子應該遇到的啊。

况且派人開路而後出行，馳騁在大路中間，尚且不時會出現拉斷了馬絡頭、滑出了車鉤心之類的事故；何况在密層層的草叢裏穿過，在小丘山陵裏奔馳，衹顧獵獲野獸的快樂，心裏卻沒有應付事故的警惕，這樣造成禍害也就難免了。看輕皇帝的重任不以爲安逸，卻喜歡奔波于可能發生萬一的危險

道路上去以爲有趣，臣以爲陛下如此做是不妥當的。

聰明的人能在事端尚未萌生時就已預見，智慧的人能在危險還未形成時就避開。災禍本來就多藏在隱蔽細微的地方，而暴發在人忽視它之時。所以俗語說：「家裏富千金，就不坐在近屋檐的地方。」這說的雖是小事，卻可以說明大問題。臣希望陛下留意這一點。

作者簡介

李陵（？—前七四年），西漢隴西成紀（今甘肅秦安）人，字少卿，西漢名將李廣之孫，善騎射。武帝時，爲騎都尉，率兵出擊匈奴貴族，戰敗投降。後病死匈奴。

答蘇武書

李陵

【題解】李陵面對數十倍于己的敵軍寡不敵衆，投降匈奴後，曾與被匈奴扣留的蘇武見面。後蘇武得歸，修書勸李陵歸漢，李陵寫此書答復。信中戰鬥場面的描寫很生動，意欲說明，當時雙方兵力懸殊，武帝殺李陵全家是錯誤的，自己完全是因不得已而投降。

【原文】**子卿足下：勤宣令德，策名清時，榮問休暢，幸甚幸甚！遠**

吳楚材、吳調侯：先眷子卿。

托異國，昔人所悲。望風懷想，能不依依！昔者不遺，遠辱還答，慰誨勤勤，有逾骨肉。陵雖不敏，能不慨然！

自從初降，以至今日，身之窮困，獨坐愁苦。終日無睹，但見異類。韋韝毳幕①，以禦風雨。羶肉酪漿，以充飢渴。舉目言笑，誰與爲歡！胡地玄冰，邊土慘裂；但聞悲風蕭條之聲。涼秋九月，塞外草衰，夜不能寐，側耳遠聽，胡笳②互動，牧馬悲鳴，吟嘯成群，邊聲四起。晨坐聽之，不覺淚下。嗟乎子卿，陵獨何心，能不悲哉！

與子別後，益復無聊。上念老母，臨年③被戮。妻子無辜，並爲鯨鯢④。身負國恩，爲世所悲。子歸受榮，我留受辱，命也何如？身出禮義之鄉⑤，而入無知之俗，違棄君親之恩，長爲蠻夷⑥之域，傷已！令先君之嗣，更成戎狄之族，又自悲矣。功大罪小，不蒙明察，孤負陵心區區之意。每一念至，忽然忘生。陵不難刺心以自明，刎頸

以見志，顧國家于我已矣，殺身無益，適足增羞，故每攘臂忍辱，輒復苟活。左右之人見陵如此，以爲不入耳之歡，來相勸勉。異方之樂，秖令人悲，增忉怛耳。

吳楚材、吳調侯：次寫忽忽之狀，非人所能解勸。

嗟乎子卿，人之相知，貴相知心。前書倉卒，未盡所懷，故復略而言之。昔先帝授陵步卒五千，出征絕域。五將失道，陵獨遇戰。而裹萬里之糧，帥徒步之師，出天漢⑦之外，入強胡之域。以五千之衆，對十萬之軍，策疲乏之兵，當新羈⑧之馬。然猶斬將搴旗，追奔逐北，滅跡掃塵，斬其梟帥⑨，使三軍之士，視死如歸。陵也不才，希當大任，意謂此時功難堪矣。匈奴既敗，舉國興師，更練精兵，強踰十萬。單于臨陣，親自合圍。客主之形既不相如，步馬之勢又甚懸絕。疲兵再戰，一以當千，然猶扶乘創痛，決命爭首。死傷積野，餘不滿百，而皆扶病，不任干戈。然陵振臂一呼，創病皆起，舉刃指虜，胡馬奔

吳楚材、吳調侯：祇一句說敗降，極蘊藉。以上兩段，極力鋪敘，以見功大罪小。

走。兵盡矢窮，人無尺鐵，猶復徒首奮呼，爭爲先登。當此時也，天地爲陵震怒，戰士爲陵飲血。單于謂陵不可復得，便欲引還。而賊臣教之，遂使復戰，故陵不免耳。

昔高皇帝以三十萬衆困于平城[10]，當此之時，猛將如雲，謀臣如雨，然猶七日不食，僅乃得免。況當陵者，豈易爲力哉！而執事者云云，苟怨陵以不死。然陵不死，罪也。子卿視陵，豈偷生之士而惜死之人哉？寧有背君親捐妻子而反爲利者乎！然陵不死，有所爲也。故欲如前書之言，報恩于國主耳。誠以虛死不如立節，滅名不如報德也。昔范蠡不殉會稽之恥，曹沫不死三敗之辱[11]，卒復勾踐之讎，報魯國之羞。區區之心，竊慕此耳。何圖志未立而怨已成，計未從而骨肉受刑，此陵所以仰天椎心而泣血也。

足下又云：「漢與功臣不薄。」子爲漢臣，安得不云爾乎！昔蕭、樊囚縶，韓、彭葅醢，晁錯受戮，周、魏見辜，其餘佐命立功之士，賈誼、亞夫之徒，皆信命世[12]之才，抱將相之具，而受小人之讒，並受禍敗之辱，卒使懷才受謗，能不得展。彼二子之遐舉[13]，誰不爲之痛心哉！陵先將軍，功略蓋天地，義勇冠三軍，徒失貴臣之意，剄身絕域之表，此功臣義士所以負戟而長嘆者也。何謂不薄哉！

且足下昔以單車之使，適方乘之虜，遭時不遇，至于伏劍不顧，流離辛苦，几死朔北之野，丁年[14]奉使，皓首[15]而歸，老

嬖佞戮賢

漢哀帝寵幸佞臣董賢，殺戮賢良鄭崇，而與此類似的情況，李陵認爲在武帝時就存在了。

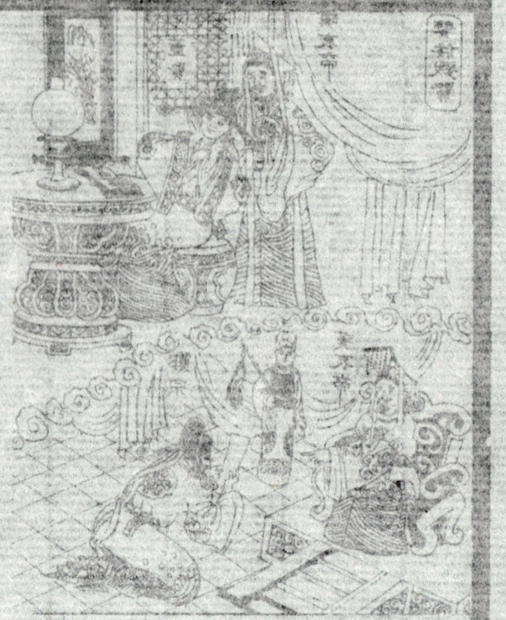

吳楚材、吳調侯：陵誠能安于死而不孤恩漢，豈能眷眷念陵而不負德。

母終堂⑯，生妻去帷⑰，此天下所希聞，古今所未有也。蠻貊⑱之人，尚猶嘉子之節，況爲天下之主乎？陵謂足下，當享茅土⑲之薦，受千乘之賞。聞子之歸，賜不過二百萬，位不過典屬國⑳，無尺土之封，加子之勤。而妨功害能之臣，盡爲萬戶侯；親戚貪佞之類，悉爲廊廟㉑宰。子尚如此，陵復何望哉！

且漢厚誅陵以不死，薄賞子以守節，欲使遠聽之臣望風馳命，此實難矣。所以每顧而不悔者也。陵雖孤恩，漢亦負德。昔人有言：「雖忠不烈，視死如歸。」陵誠能安，而主豈復能眷眷乎？男兒生以不成名，死則葬蠻夷中，誰復能屈身稽顙㉒，還向北闕㉓，使刀筆之吏弄其文墨耶？願足下勿復望陵。

嗟乎子卿，夫復何言！相去萬里，人絕路殊，生爲別世之人，死爲異域之鬼，長與足下生死辭矣。幸謝故人，勉事聖君。足下胤子㉔無恙，勿以爲念。努力自愛，時因北風，復惠德音。李陵頓首。

注釋

①韋：皮革。韝：古代的套袖。毳：鳥獸的細毛。幕：帳幕。②胡笳：古代管樂器。漢朝時流行于塞北和西域地區。③臨年：臨到老年。④鯨鯢：動物名。雄性叫鯨，雌性叫鯢。比喻殺戮。⑤禮義之鄉：泛指漢族人居住的地區，或漢朝統轄的地區。⑥蠻夷：古代邊疆地區少數民族的貶稱。⑦天漢：指漢朝主要統治地區。⑧羈：系住。這裏謂訓練、裝備。⑨梟帥：勇將。⑩昔高皇帝以三十萬衆困于平城：高皇帝，指劉邦。平城，今山西大同。前二〇〇年，劉邦率軍擊韓王信，到了平城，被匈奴圍困長達七天，後用陳平計買通匈奴閼氏，才得解救。⑪曹沫不死三敗之辱：曹沫，春秋時期魯國大夫。與齊三戰三敗，魯莊公恐慌了，獻出遂邑之地與齊講和。後齊桓公與魯莊公在柯地會盟時，曹沫執匕首劫持齊桓公，迫使齊桓公歸還了侵占的魯國土地。⑫命世：應運出世。⑬二子：這裏指賈誼與周亞夫。遐舉：死的諱稱。⑭丁年：壯年。⑮皓首：白頭、老年。⑯終堂：死去的諱稱。⑰去帷：離開帷內。意謂改嫁。⑱蠻貊：我國古代稱南方的民族爲蠻，東方的民族爲貊。這裏指匈奴。⑲茅土：古代

天子社稷的祭壇用五色土（青、赤、白、黑、黄）建成，分封諸侯時，取不同顏色的泥土用茅草包好，分别授予被封的人，以作爲封得土地的象徵。⑳典屬國：官名，始于秦，掌少數民族事務。㉑廊廟：廟堂，指朝廷。㉒稽顙：叩頭至地。㉓北闕：古代宫殿北面的門樓，爲臣子等候朝見或上書之處。亦用爲朝廷的别稱。㉔胤子：指蘇武在匈奴的兒子。蘇武曾在匈奴娶妻生子，其子名通國。

譯文

子卿足下：您努力宣揚美德，爲官于清明的時代，美名流傳四方，眞是非常幸運！我遠離故土流落在異國，這是前人所感到悲痛的。遥望南方，心中懷念，怎能不滿含深情！從前承蒙您不棄，從遠方給我回信，誠懇地安慰、教誨，超過了骨肉之情。我雖然愚鈍，又豈能不感慨萬端！

我自從投降匈奴，身處艱難困境，一人獨坐，苦悶發愁。整天衹見到些異族之人，别的什麼也見不到。衹能用皮袖套和氈幕來抵禦風雨。吃腥的肉，喝乳漿來充飢解渴。四周沒有親人，有誰能一起談笑歡樂！胡地有厚厚的冰雪，邊塞上的土被凍得裂開；衹聽見蕭瑟凄涼的風聲。深秋九月，塞外草木凋零，夜晚難以入睡，側耳傾聽，胡笳聲此起彼伏，牧馬一聲聲地哀鳴，邊地的各種聲響相混合，

在邊塞的四面響起。清晨坐起來聽着這些聲音，禁不住流下淚水。唉，子卿，我難道有特别的心腸，怎能不感到傷心！

同您分别後，覺得更加無聊。上念老母，在垂暮之年還被殺戮。妻子、兒女們沒有罪，也一起慘遭殺害。我自己有負于國家之恩，被世人恥笑。您回國後享受榮譽，我留在這裏蒙受羞辱，這是命運的安排？我出身于禮義之邦，卻進入對禮義茫然無知的社會；背棄了國君又摒棄了親人，終身居住在蠻夷的區域，傷心極了！讓祖先的後代，變成了戎狄的族人，自己感到悲痛。功大于罪，得不到公正的評價，辜負了我微小的誠意。每當想到這裏，恍惚之中仿佛失去了活下去的念頭。我不難做到刺心來表白自己，自刎來顯示志向，但國家對我已經恩斷義絶，自殺于己無益，衹會增加羞辱，因此常勉勵自己忍受侮辱，就又苟且地活在世上。周圍的人見我這樣，用不中聽的話來安慰我。可是，異國的快樂，衹能使人悲傷、增加憂愁罷了。

唉，子卿，人與人之間的相互瞭解，貴在相互知心。前一封信匆忙寫成，沒能充分表達我的心情，所以再作些補充。從前先帝授予我步兵五千，出征到遠方。五員將領走錯了路，我單獨與匈奴軍遭遇

作戰。帶着供征戰萬里的糧草，徒步行軍，出了國境之外，進入強胡的疆土。以五千士兵，抵擋十萬敵軍，指揮疲乏的隊伍，抵擋養精蓄銳的馬隊。但是，依然斬將奪旗，追逐敗逃之敵，像掃除灰塵一樣斬殺其驍勇將領，使我全軍將士視死如歸。我沒有什麼本領，很少擔當重任，內心以爲，此時的功勞，是其他情況下所難以相比的了。匈奴兵敗後，在全國徵兵，又挑選出十萬多精兵。單于親臨陣前，指揮包圍我軍。我軍與敵軍的力量不對等，步兵與馬隊的力量更加懸殊。將士疲憊，一人要敵千人，但仍然忍受傷痛，奮勇爭先。傷亡的士兵遍地都是，身邊剩下的不滿百人，而且都傷痕纍纍，拿不動兵器。但是，我衹要振臂一呼，重傷和輕傷的士兵都站立起來，拿起兵器向敵人進攻，迫使敵騎逃奔。兵器箭支都用盡，手無寸鐵，還是高呼殺敵，搶登高地。在這時刻，天地爲我震動發怒，戰士感慨地爲我飲泣。單于認爲不可能再捉住我，打算退兵。不料叛徒出賣軍情，于是單于重新對我作戰，而我終于未能免于被俘。

以前高皇帝擁有三十萬大軍，被匈奴圍困在平城，那時，軍中猛將如雲，謀臣似雨，然而還是七天斷糧，衹不過勉強脫身。何況像我這樣的人，難道是容易做到的嗎！而當權者卻議論紛紛，一味怨責我不能爲國而死。不過我未能以死殉國，確是罪過。但您看我難道是貪生怕死的人嗎？又怎會有背棄君親、拋棄妻兒卻反而以爲對自己有利的人！我所以不死，是因爲想有所作爲。本來是想如前一封信中所言，要向皇上報恩啊。實在因爲徒然死去不如有所作爲，身死名滅不如報答恩德。從前范蠡不因會稽山投降之恥而殉國，曹沫不因三戰三敗的恥辱去死，終于，范蠡爲勾踐報了仇，曹沫爲魯國雪了恥。我的一點願望，就是暗自效仿他們的作爲。哪裏料到志向尚未實現，怨責之聲已四起；計劃未曾實行，親人已做刀下之鬼，這就是我仰望蒼天椎心泣血的原因啊。

您又說道：「漢朝對待功臣不薄。」您是漢朝之臣，怎能不這樣說！可是，以前蕭何、樊噲被逮捕囚禁，韓信、彭越被剁成肉醬，晁錯遭殺戮，周勃、魏其侯被判罪處刑，其餘輔助漢室建立功勛的人士，如賈誼、周亞夫等，都確實是當時傑出的人才，具備將相的才能，卻遭受小人的誹謗，他們都受迫害、屈辱，最終有才能而受誹謗，不得施展。這幾個人的遭遇，誰不爲之痛心呢！我已故的祖父，身任將軍，其功績謀略蓋過天地，忠義勇敢冠于全軍，衹是因爲不去迎合當朝權貴，結果自殺在邊遠的疆場。這就是功臣義士手持兵刃嘆息不止的事啊。怎麼能說「不薄」呢？

您過去憑着單車出使到強大的敵國，遭到變故，竟至伏劍自刎也不在乎；顛沛流離，歷盡辛苦，差點死在北方的荒野；壯年時奉命出使，到白頭才回歸，老母在家中亡故，妻子也改嫁離去。這是天下的奇聞，古今所沒有的遭遇。未開化的蠻夷還稱贊您的節氣，何況是天下的君主呢？我認爲您應當受封領地爲侯，受賞千乘車馬。可是，聽說您回國後，賞賜不過二百萬，不過封爲典屬國之職，並沒有一尺土的封賞來獎勵您的辛勞。而那些排斥功臣、陷害賢良的朝臣，都成了萬戶侯；皇親國戚或逢迎拍馬之流，都成了掌握實權的高官。對您且如此，我還有什麽希望呢！

漢朝因爲我未能死節而施以殘酷的誅殺，您堅貞守節又衹給予微薄的獎賞，而希望遠方的臣民急切地投奔效命，這實在是難以辦到的。所以我常常想到這事卻並不後悔。我雖然辜負了漢朝的恩情，漢朝也辜負了我的功德。前人說過：「雖然忠誠卻不壯烈，也能做到視死如歸。」如果我能夠安心去死，皇上難道就能對我有所眷顧嗎？男子漢活着不能成就英名，死了還要埋葬在異族之地，誰還能屈身叩頭，回到漢廷，聽憑那幫刀筆吏舞文弄墨、隨意處置呢？希望您不必再盼着我回去了。

唉，子卿，還有什麽話可說；相隔萬里，人不交往路不相通，我活着時是另一世界的人，死後便成了異國鬼魂，我和您告別，生死都不再相見。請轉達我對老朋友們的心意，希望他們勉力侍奉聖明的君主。您在這裏的兒子很好，不要挂念。願您自己保重，更盼時常依托北風傳來您的音信。

李陵頓首。

尚德緩刑書

路溫舒

題解 這篇文章尖銳地揭露了封建法制刑訊逼供的殘忍手段，進而指出通過這種做法實際造成了大批冤假錯案。雖然名義上看來犯人自行認罪，而實際上，通過「誘供」，就能進一步陷人于罪名中。同時文中也指出，衹要能做到讓人人講真話，國君要不計較臣民們的「謗言」，就能聽到真實的意見。但路溫舒作爲封建時代的官吏，其局限性還衹能是把希望寄托于國君的開明。

原文 昭帝①崩，昌邑王②賀廢，宣帝初即位，路溫舒上書，言宜尚德緩刑。其辭曰：

吴楚材、吴調侯：昭帝崩，無嗣，迎昌邑王賀爲嗣。既至即位，行淫亂，大將軍霍光奉群臣白太后廢之，迎武帝曾孫病已，嗣昭帝後，是爲宣帝。

「臣聞齊有無知[3]之禍，而桓公以興；晉有驪姬之難[4]，而文公用伯。近世趙王不終，諸呂作亂，而孝文爲太宗[5]。由是觀之，禍亂之作，將以開聖人也。故桓、文扶微興壞，尊文、武之業，澤加百姓，功潤諸侯，雖不及三王，天下歸仁焉。文帝永思至德，以承天心，崇仁義，省刑罰，通關梁[6]，一[7]遠近，敬賢如大賓，愛民如赤子，內恕[8]情之所安而施之于海內，是以囹圄[9]空虛，天下太平。夫繼變化之後，必有異舊之恩，此賢聖所以昭天命也。往者，昭帝即世而無嗣，大臣憂戚，焦心合謀，皆以昌邑尊親，援[10]而立之。然天不授命，淫亂其心，遂以自亡。深察禍變之故，乃皇天之所以開至聖也。故大將軍受命武帝，股肱[11]漢國，披肝膽，決大計，黜亡義，立有德，輔天而行，然後宗廟以安，天下咸寧。

「臣聞《春秋》正[12]即位，大一統[13]而愼始也。陛下初登至尊，與天合符，宜改前世之失，正始受命之統[14]，滌煩文，除民疾，存亡繼絕，以應天意。

「臣聞秦有十失，其一尚存，治獄之吏是也。秦之時，羞文學[15]，好武勇，賤仁義之士，貴治獄之吏，正言者謂之誹謗，遏過[16]者謂之妖言，故盛服先王[17]不用于世，忠良切言皆鬱于胸，譽諛之聲日滿于耳，虛美熏心，實禍蔽塞，此乃秦之所以亡天下也。方今天下，賴陛下恩厚，亡金革[18]之危、飢寒之患，父子夫妻戮力[19]安家，然太平未洽[20]者，獄亂之也。夫獄者，天下之大命也，死者不可復生，絕者不可復屬。《書》曰：『與其殺不辜，寧失不經[21]。』今治獄吏則不然，上下相驅，以刻爲明，深者獲公名，平者多後患。故治獄之吏，皆欲人死，非憎人也，自安之道在人之死。是以死人之血流離于市，被刑之徒比肩而立，大辟[22]之計歲以萬數。此仁聖之所以傷也。太平之未洽，凡

吳楚材、吳調侯：謂法可以殺，可以無殺，殺之則恐陷于非辜，不殺之，恐失于輕縱，然與其殺之而害彼之生，寧姑全之而自受失刑之責。

吳楚材、吳調侯：論者謂宣帝好刑名之學，溫舒此疏，切中其病，非也。是時宣帝初立，未有施行。蓋自武帝後，法益煩苛，宣帝即位，溫舒冀一掃除之，故發此論。其言深切悲痛，宣帝亦爲之感悟。

以此也。夫人情安則樂生，痛則思死，棰楚㉓之下，何求而不得？故四人不勝痛，則飾詞以視之，吏治者利其然，則指道以明之，上奏畏卻㉔，則鍛練而周內之㉕；蓋奏當之成，雖咎繇㉖聽之，猶以爲死有餘辜。何則？成練㉗者衆，文致㉘之罪明也。是以獄吏專爲深刻，殘賊而亡極㉙，愉㉚爲一切，不顧國患，此世之大賊也。故俗語曰：『畫地爲獄議不入；刻木爲吏期不對㉛。』此皆疾吏之風，悲痛之辭也。故天下之患，莫深于獄；敗法亂正，離親塞道，莫甚乎治獄之吏，此所謂一尚存者也。

「臣聞烏鳶之卵不毀㉜，而後鳳凰集；誹謗之罪不誅，而後良言進。故古人有言：『山藪藏疾，川澤納污，瑾瑜匿惡，國君含詬㉝。』唯陛下除誹謗以招切言，開天下之口，廣箴㉞諫之路，掃亡秦之失，尊文武之德，省法制，寬刑罰，以廢治獄，則太平之風可興于世，永履和樂，與天亡極，天下幸甚。」

上善其言。

注釋

①昭帝：漢昭帝，名劉弗陵，武帝少子。②昌邑王：漢昭帝死後無嗣，昌邑王劉賀即位，因淫戲無度被大將軍霍光以太后的名義廢掉，另立漢武帝的曾孫劉詢爲帝，是爲漢宣帝。③無知：春秋時齊公子，自立爲齊君，後被人殺死，公子小白自莒回齊即位，便是五霸之一的齊桓公。④驪姬之難：驪姬，春秋時晉獻公寵姬，生奚齊、卓子。不久就譖殺太子申生，以奚齊爲太子，公子重耳、夷吾出奔。獻公死後，奚齊、卓相繼爲國君，後被殺，驪姬亦被殺。公子重耳回到晋國，立爲晋文公。晋文公使晋國成爲春秋時一代霸主。⑤近世趙王不終，諸呂作亂，而孝文爲太宗：趙王，漢高祖劉邦的寵姬戚夫人的兒子，名如意，封爲趙王。劉邦死，惠帝立，太后呂雉毒死趙王如意，殘害戚夫人，呂太后和她的侄兒呂臺、呂産、呂禄等專權，想把「劉姓天下」改變爲「呂氏王朝」。呂雉死，大臣周勃、陳平等消滅諸呂，迎立代王劉恒即位，是爲孝文帝，廟號太宗。後有「文景之治」的繁榮。⑥關梁：關，關卡，關口；梁，橋

梁。⑦一：統一，動詞。⑧恕：寬容，寬厚。⑨囹圄：牢獄。⑩援：援用舊例。⑪股肱：大腿和手臂。指輔佐國家的意思。⑫正：把……看得很正統、正規。⑬大一統：重視天下統一的事業。大，尊重，重視。⑭始受命：指初即位。統：法制。⑮文學：先秦時期哲學、歷史、文學等書面著作都稱爲文學，這裏指文教方面的事。⑯遏過：防止過失。⑰盛服先王：竭力服膺先王的人。先王，指夏禹、商湯、周文王等行仁義道德的帝王。⑱金革：兵革，這裏指代戰爭。⑲戮力：並力，盡力。⑳治：安定。㉑不經：不合常規。㉒大辟：死刑。㉓棰楚：古代刑具。棰，木棍；楚，荆條。㉔卻：批駁退回。㉕鍛煉：比喻酷吏枉法，多方編造罪名。周：周密。内：同「納」，歸納。㉖咎繇：舜時建立法律設立監獄的臣子。㉗成練：構成各種罪名。㉘文致：文飾而使人獲罪。㉙賊：敗壞，傷害。亡：無。㉚偷：苟且，馬馬虎虎。㉛畫地爲獄議不入；刻木爲吏期不對：相傳上古時期，在地上畫圈，令犯罪者立圈中，以示懲罰。㉜烏：烏，烏鴉。鳶，老鷹。㉝藪：生長着很多草的湖。瑾瑜：美玉。詬：恥辱。這四句語出《左傳·宣公十五年》。㉞箴：勸誡，勸告。

【譯文】漢昭帝駕崩以後，繼任者昌邑王劉賀沒多久就被廢黜，漢宣帝就接着即皇帝位，路溫舒向宣帝上書，提出崇尚德治減輕肉刑的措施。上書裏面説：

「臣聽説齊國正是有公孫無知殺害襄公的禍亂，才有齊桓公的興起；晉國也正是因爲由驪姬引發的危難，晉文公才能稱霸諸侯的。近世以來，因爲趙王未得善終，所以才有諸呂之亂，所以才有了孝文皇帝廟號太宗的舊事。由此看來，發生禍患，或許將是聖人出現的契機。所以齊桓公、晉文公扶植並振興了危亡衰敗的國家，尊奉周文王、周武王的功績，把恩澤施加給百姓，用功勞去封賞諸侯，即使比不上夏禹、商湯以及周文王，但是天下百姓還是都歸附到他們的仁政之中了。孝文帝經常思索取得最高的德行的方法，用來承受上天的旨意，他崇尚仁義，減輕刑罰，通架關梁，對關係遠近平等對待，尊敬賢人就像對待貴賓一樣，關愛人民如同愛護嬰兒，他將自己心中認爲安適的事在全國推行，所以監獄裏就空空蕩蕩，天下太平。一般來説，在天下形勢有所變化之後擔當君主的人，施與天下的恩惠必然與過去不同，這是因爲聖賢的君主顯示的是上天旨意。想當初，昭帝駕崩時沒有子嗣，大臣們憂心忡忡，都心懷焦慮而共同商議，一致認爲昌邑王是貴爲皇親，推舉並且將他立爲皇帝。但上天沒有

授命，而是弄亂他的心智，所以就自己失去了帝位。深入地思考禍變發生的原因，其實這正是皇天用以啓發至聖至明君主的手段。因而大將軍霍光秉承武帝遺命，成爲大漢君主股肱之臣，他披肝瀝膽，決定大計方針，罷黜無義的昏君，扶立有德的君主，輔佐天子行事，這樣一來宗廟社稷才能得以安定，舉天之下才會安寧。

「臣曾聽說《春秋》一書裏十分重視新君的即位，想一統天下就要慎重對待開始。陛下剛登帝位，符合天意，應該矯正前任的過失，接受天命承接帝位時應慎重看待開始，去掉繁文縟節，解除百姓疾苦，好好保存即將斷絶的好傳統，並且將之發揚光大，從而順應上天的旨意。

「臣聽說秦朝有十大罪狀，其中一條至今尚存，就是審案官員酷刑判案一事。秦朝時，恥于文教，崇尚勇武，輕視仁義之人，重視判案官吏的一己之見，把正直的言論當作誹謗，把遏制錯誤當成妖言惑衆，所以當時衣冠整齊的儒生不爲社會重視，忠正懇切的言論都積聚在心中，阿諛奉承的話每天響在人們的耳畔，虛僞的贊美熏迷內心，但實際的禍患卻被遮掩，這正是秦朝失掉天下的原因。現如今，天下依仗陛下的恩厚，既沒有戰爭的危險，也沒有飢寒交迫的憂患，父子、夫妻齊心合力安定家庭，但是還尚未完全實現天下太平，這就是因爲案獄之事攪亂的。判案斷獄，可以說是天下最重要的事情，被處死的人無法復生，被砍斷了肢體也不能重新接上。《尚書》裏說：『與其殺死無辜，寧願犯不合成規的錯誤。』但是現在負責判案的官吏卻並不如此，上下級官員相互驅使，將苛刻當成嚴明，斷案嚴厲之人還能獲得公正之名，而眞正判案公平之人日後卻多致禍患。所以判案的官吏都置人于死地，並非他們憎恨他人，而是因爲對他們而言，衹有置人于死地才能獲得安全。所以死人的鮮血于街上流淌，等待受刑之人站成一排並肩站立，被處以極刑的人每年數以萬計。這就是聖明仁愛之傷心的原因。太平盛世未能實現，全都因此。安適時享受人生，病痛時衹求速死是人之常情，在荊杖的責打之下，還有什麼不能從被打之人身上得到的呢？因而犯人無法忍受痛苦，就已招供出閃爍其辭的假話，官吏就會利用這樣的狀況，明確指出某項罪名，並拿出罪狀讓罪犯畫押，官吏們擔心上奏案件以後會被駁回，所以就違法羅織罪狀以使其周全，所以等上報判罪結果的時候，就算是咎繇再世，也會認爲罪犯死也不足抵罪。這是爲什麼呢？這是因爲構織罪名的官吏太多了，紋飾文書將罪狀寫得很明確的原因。這就是官吏們特意苛刻地對待犯人，殘害罪犯沒有極限，所有事情都馬虎對待，置國家禍患于不顧，這

受命，而是平亂後的心智，所以就自己失去了帝位。深入地思考禍變發生的原因，其實這正是皇天用以啟發至聖至明君主的手段。因而大將軍霍光秉承武帝遺命，成為大漢君主股肱之臣，他拔除邪逆，決定大計方針，罷黜無義的昏君，扶立有德的君主，輔佐天子行事，這樣一來宗廟社稷才能得以安定，舉天下之人也會安寧。

「臣曾聽說《春秋》一書裏十分重視新君的即位，這是意在一統天下，就要謹慎重新開始。陛下剛登帝位，符合天意，應該矯正前任的過失，繼承天命來的帝位時應謹慎重新開始，去除繁文縟節，解除百姓疾苦，保存即將斷絕的存續之統，並且將之發揚光大，從而順應上天的旨意。

「臣聽說秦朝有十大罪狀，其中一條至今尚存，就是審案官員治判案一事。秦朝時，鄙視文教，崇尚勇武，輕視仁義之人，重視判案官吏的一己之見，把正直的言論當作誹謗，把遏制錯誤的言論當作妖言惑衆，所以當時衣冠整齊的儒生不為社會重視，忠正懇切的言論都積聚在心中，而頌揚奉承的話語天天充在人們的耳畔。虛偽的讚美蒙迷內心，但實際的禍患卻被遮擋，這正是秦朝失去天下的原因。現如今，天下依仗陛下的恩惠，所以沒有戰爭的危險，也沒有飢寒交迫的憂患，父子、夫妻齊心合力安定家庭，

但是還尚未完全實現天下太平，這就是因為案獄之事擾亂的。刑案斷獄，可以說是天下最重要的事情，被處死的人無法復生，被砍斷的肢體也不能重新接上。《尚書》裏說：「與其殺死無辜，寧願犯不合法規的錯誤。」但是現在負責判案的官吏卻並不如此，上下級官員相互驅使，將苛刻當成嚴明，審案嚴厲之人還能獲得公正之名，而真正判案公平之人日後卻多有禍患。所以判案的官吏都盼着置人于死地，並非他們憎恨他人，而是因為對他們而言，置人于死地才能獲得安全。所以死人的鮮血由于街上流淌，等待受刑之人站成一排，並肩站立，被處以極刑的人每年數以萬計。這就是聖明仁愛之君心痛的原因。太平盛世未能實現，全都因此。安逸時享受人生，病痛時求速死，是人之常情。在刑法的責打之下，還有什麼不能從被打之人身上得到的呢？因而犯人無法忍受痛苦，就口招供出因襲其辭的假話，官吏就會利用這樣的狀況，明確指出某項罪名，並拿出罪狀讓犯人畫押。官吏們擔心上奏案件以後會被駁回，所以就運法羅織罪狀以使其周全。所以等上報判罪結果的時候，就算是咎繇再世，也會認為罪犯死也不足抵罪。這是為什麼呢？這是因為構陷罪名的官吏太多了，致使文書將罪狀寫得很明確的原因。這就是官吏們特意苛刻地對待犯人，致使罪犯沒有冤屈，所有事情都是虛假對待，置國家禍患于不顧，這

才是世間最惡極的罪人。所以俗話說：『畫地爲牢獄，都不想進去；面對木刻的獄吏，都不想與之對質。』這些都是世間厭惡獄吏的風氣，也都是十分悲痛的言辭。所以才會說天下的禍害，沒有什麼比案獄之事還要深的了；敗壞國法，擾亂正道，分離親人，阻塞道義，沒有什麼比判案的官吏更嚴重的了，這正是我所說的至今尚存的一條秦朝過錯。

「臣聽說過烏鴉和鳶鷹的蛋沒被毀壞，鳳凰才會聚集在樹上；身犯誹謗罪的人沒被誅伐，才有人進諫良言。所以古人說過：『山坳之中藏有惡疾，河湖之內容納污穢，美玉之中隱匿着瑕疵，國君能容忍詬病。』希望陛下能取消誹謗之罪，以便能招致懇切的忠言，讓天下之人都敢張嘴說話，擴大規諫的門路，掃除導致秦朝滅亡的過失，尊奉周文王、周武王的德行，減省法制，放寬刑罰，通過這些來廢除案獄之事的弊端，這樣的話，天下太平的氣象就會在世間逐漸出現，永保和平安樂，如同天地那樣沒有盡頭，如此就是全天下的幸事了。」

皇上非常贊同他的話。

報孫會宗書

楊惲

題解　本文作者楊惲，字子幼，是宰相楊敞之子，司馬遷的外孫。素有才幹，因告發霍光子孫謀反而封通候，後遭人怨恨，爲人構陷而被免職。楊惲被免職以後在家中以治理財產自娛，他的朋友安定太守西河孫會宗寫信勸誡。楊惲很不服氣，就寫了這封回信。在回信中他以貌似開玩笑的口吻，對孫會宗逐一批駁，並且爲自己的狂放不羈辯解。而且諷喻朝政，提出了與卿大夫「道不同，不相爲謀」的心志。全篇行文尖刻，鋒芒畢露，後人認爲其桀驁不馴的風格，可以與其外祖父司馬遷的《報任少卿書》相比。

原文　惲既失爵位家居，治產業，起家宅，以財自娛。歲餘，其友安定太守西河孫會宗，知略士也，于惲書，諫戒之。爲言大臣廢退，當闔門①惶懼，爲可憐之意；不當治產業，通賓客，有稱譽。惲宰相子，少顯朝廷，一朝晻昧，語言見廢，內懷不服。報會宗書曰：

惲材朽行穢，文質②無所底③，幸賴先人餘業，得備宿衛④。遭遇

時變，以獲爵位。終非其任，卒與禍會。足下哀其愚蒙，賜書教督以所不及，殷勤甚厚。然竊恨足下不深惟其終始，而猥俗之毀譽也。言鄙陋之愚心，則若逆指而文過；默而息乎，恐違孔氏各言爾志之義⑤。故敢略陳其愚，惟⑥君子察焉。

惲家方隆盛時，乘朱輪⑦者十人，位在列卿⑧，爵爲通侯⑨，總領從官⑩，與聞政事。曾⑪不能以此時有所建明，以宣德化，又不能與群僚同心並力，陪輔朝庭之遺忘，已負竊位素餐⑫之責久矣。懷祿貪勢，不能自退，遂遭變故，橫⑬被口語，身幽北闕⑭，妻子滿獄。當此之時，自以夷滅不足以塞責，豈意得全首領，復奉先人之丘墓乎？伏惟⑮聖主之恩不可勝量。君子遊道，樂以忘憂；小人全軀，說以忘罪。竊自念過已大矣，行已虧矣，長爲農夫以末世矣。是故身率妻子，戮力⑯耕桑，灌園治産，以給公上，不意當復用此爲譏議也。

吳楚材、吳調侯：給君上之賦稅，以免官爲庶人故也。

夫人情⑰所不能止者，聖人弗禁。故君父至尊親，送其終也，有時而既。臣之得罪，已三年矣。田家作苦。歲時伏臘⑱，烹羊炰羔，斗酒自勞。家本秦也，能爲秦聲。婦趙女也，雅善鼓瑟。奴婢歌者數人，酒後耳熱，仰天拊缶而呼烏烏⑲。其詩曰：「田彼南山，蕪穢不治。種一頃豆，落而爲萁。人生行樂耳，須富貴何時！」是日也，奮袖⑳低昂，頓足起舞；誠淫荒無度，不知其不可也。惲幸有餘祿，方糴賤販貴，逐什一之利㉑。此賈豎㉒之事，汙辱之處，惲親行之。下流之人，衆毀所歸，不寒而慄。雖雅知惲者，猶隨風而靡，尚何稱譽之有？董生㉓不云乎：「明明求仁義，常恐不能化民者，卿大夫之意也。明明求財利，常恐困乏者，庶人之事也㉔。」故道不同，不相爲謀，今子尚安得以卿大夫之制而責僕哉！

吳楚材、吳調侯：言國家既無道，但當行樂，欲待富貴職位，亦何時也。含譏帶諷，惲之得禍在此。

夫西河魏土，文侯所興㉕，有段干木、田子方之遺風㉖，漂然㉗皆

吴楚材、吴調侯：結語憤絶。後有日蝕之變，人告惲驕奢，不回過，日蝕之咎，此人所致。下廷尉按驗，又得與會宗書，宣帝惡之，廷尉議惲大逆無道，腰斬。

有節概，知去就之分。頃者[28]足下離舊土，臨安定，安定山谷之間，昆戎[29]舊壤，子弟貪鄙，豈習俗之移人[30]哉？于今乃睹子之志矣！方當盛漢之隆，願勉旃[31]，毋多談。

注釋

①闔門：關閉門户。②文質：文采和質樸，指文章、道德。③底：通「抵」。抵達，到達。④宿衛：在宫中值宿警衛，這是郎官的職責。楊惲曾任郎官。⑤孔氏，指孔子。各言爾志：各人説説你們的志向。語出《論語・公冶長》：「顔淵、季路侍。子曰：『盍各言爾志。』」⑥惟：句首語氣詞，表希望。⑦朱輪：指高官所乘的馬車，車輪是紅色的。按漢制，公卿列侯及二千石以上的官員可乘朱輪馬車。⑧列卿：古代中央政府的九個高級官職。⑨通侯：也叫徹侯。按漢制，劉姓子孫封侯者，叫諸侯，異姓功臣封侯者，叫徹侯，⑩從官，皇帝的侍從官。楊惲曾任「諸吏光禄勛」，所有侍從官都歸他管理，並負責監察彈劾群官。⑪曾：乃，竟。⑫竊位素餐：竊取官位白吃糧食，指不能恪盡職守和指不勞而獲而白吃官俸。⑬横：意外地。⑭北闕：古代宫殿北面的觀闕，是大臣上章奏事或被皇帝召見的地方。⑮伏惟，伏在地上想，表敬之辭。⑯戮力：合力，齊心合力。⑰人情：人之常情。⑱伏、臘：夏天的伏日、冬天的臘日，秦漢時都是節日。⑲拊：拍，輕擊。缶：古樂器，瓦制，腹大口小。烏烏：嗚嗚，唱歌的聲音。⑳奮袖：揮舞衣袖。㉑糴：買糧食。什一之利：十分之一的利息。㉒賈豎：對商人的蔑稱。㉓董生：董仲舒（前一七九年—前一〇四年），西漢哲學家，漢景帝、漢武帝時的儒生。㉔這兩句話引自董仲舒《對賢良策》三，原文是：「夫皇皇求財利，常恐乏匱者，庶人之意也。皇皇求仁義，常恐不能化民者，大夫之意也。」㉕文侯，指戰國時期的魏文侯（前四四五—前三九六年在位），是著名的賢君。㉖段干木、田子方：都是戰國時高士，都被魏文侯尊爲老師。㉗漂然：同「飄

霍光

本文作者楊惲，素有才干，因告發霍光子孫謀反而封通侯，後遭人怨恨，爲人構陷而被免職。

霍光

有節概，知去就之分。頃者足下離舊土，臨安定，安定山谷之間，
昆戎舊壤，子弟貪鄙，豈習俗之移人哉？于今乃睹子之志矣！方當
盛漢之隆，願勉旃，毋多談。

然」，高遠的樣子。㉘頃者：最近，近來。㉙昆戎：古代西夷的一支，即殷周時的西戎，是當時西方的一個種族。㉚移人：改變人的志向情操。㉛旃：助詞，相當于「之焉」。

【譯文】楊惲已經失去了爵位，居住家中，治理田產，興建房屋，用經營家財來自娛自樂。一年多以後，他的好朋友安定太守、西河人孫會宗——一位有知識和謀略的人，他給楊惲寫了一封信，勸誡並且警示他。孫會宗認爲大臣被免職以後，應該誠惶誠恐地閉門思過，表現出很可憐的樣子；而不應當治理產業，結交賓客，獲得贊許。楊惲是宰相的兒子，年少時就在朝廷中嶄露聲名，因爲一時糊塗，說話不注意而被免職，心中非常不服氣。他給孫會宗的回信裏說：

我楊惲才能低賤，行爲卑微，文章和道德的修養都尙未有所成就，知識很幸運地依靠先人留下的功業，在宮中充當侍從官。還因爲正好趕上了非常的事變，才獲得通侯的爵位。但卻始終都不能勝任，最後終于遭受了災禍。您能哀憐我的愚蠢蒙昧，專門寫信來教育和督促我力所不及之處，情意殷切，也非常的深厚。但是私下裏我卻有點責怪你沒有仔細地從頭到尾思考這件事情，就按照世俗眼光輕率地作出評價。我現在說說自己淺薄的的內心想法好了，就似乎是與你來唱反調來文過飾非；但是如果沉默不語，恐怕也違背了孔子所說的各言其志的原則。所以我才膽敢簡單地陳說一下我愚蠢的想法，希望以您的君子之風明察一下。

想當初我楊惲家正在興隆的時候，有資格乘坐朱輪車的有十人，連我自己也位列九卿，封爵位爲通侯，總管宮內的侍從官，參加國家大政的討論。我居然沒能在那個時候有所建樹，從而宣揚道德教化，也不能與同僚們同心協力，輔佐朝庭，並查缺不周全之處，已經被指責爲竊踞高位以及白食俸祿很長時間了。但是我貪戀俸祿權勢，沒能自行辭退，所以才遭受意外變故，十分一外地被人告發，我自己囚禁在宮殿的北門樓裏面，妻子兒女也全都被關押在牢獄之中。在當時，我自己認爲就算被滿門抄斬也不能抵罪，哪成想竟然能保住腦袋，還能去祀奉祖先的墳墓呢？我伏身在地恭敬思量聖明君主的恩德，簡直無法估量。君子將身心沉湎于大道中，就能快樂得忘掉憂傷；小人保全了身體，就會愉快得忘掉罪過。我私下裏認爲，我的過失已經十分嚴重，行爲也有所欠缺，甘願長久地做農夫直到去世。于是我就親自帶領妻子兒女，盡全力耕田植桑，灌溉果園，以及經營產業，就是爲了交納賦稅給國家，沒想到還會因此被人譏諷非議。

時認為是一個重罪。㉖[illegible]㉗[illegible]

祭[illegible]。㉘[illegible]㉙[illegible]

楊惲已經失去了爵位，居住家中，治理田產，興建房屋，用經營家財來自娛自樂。一年多以後，他的好朋友安定太守、西河人孫會宗——一位有知識和謀略的人，他給楊惲寫了一封信，勸誡並且警示他。說做為大臣被罷職以後，應該閉門居過，表現出很可憐的樣子，而不應當治理產業，結交賓客，獲得贊許。楊惲是宰相的兒子，年少時就在朝廷中顯露聲名，因為一時糊塗說話不注意而被罷職，心中非常不服氣。他給孫會宗的回信裏說：

我楊惲才能低賤，行為卑微，文章和道德的修養都尚未有所成就，幸運地依靠先人留下的功業，在宮中充當侍從官。還因為正好趕上了非常的事變，才獲得通侯的爵位。但始終都不能勝任，最後終于遭受了災禍。您能哀憐我的愚蠢蒙昧，專門寫信來教育和督促我力所不及之處，情意殷切，也非常的深厚。但是私下裏我卻有點責怪你沒有仔細地從頭到尾考慮這件事情，就按照世俗眼光輕率地作出評價。我現在說說自己淺薄的內心想法吧，就似乎是與你來唱反調來文過飾非；但是如果

沉默不語，恐怕也違背了孔子所說的各言其志的原則。所以我才膽敢簡單地陳說一下我愚蠢的想法，希望以您的君子之風明察一下。

想當初我楊惲家正在興隆的時候，有資格乘坐朱輪車的有十人，連我自己也位列九卿，封爵位為通侯，總管宮內的侍從官，參加國家大政的討論。我居然沒能在那個時候有所建樹，從而宣揚道德教化，也不能與同僚們同心協力，輔佐朝廷，並查缺不周全之處，已經被指責為竊踞高位以及白食俸祿很長時間了。但是我貪戀俸祿權勢，沒能自行辭退，所以才遭受意外變故，十分之一地被人告發，我自己因禁在宮殿的北門樓裏面，妻子兒女也全部被關押在牢獄之中。在當時，我自己認為就算被滿門抄斬也不能抵罪，哪成想竟然能保住腦袋，還能去祀奉祖先的墳墓呢？我伏身在地恭敬思量聖明君主的恩德，簡直無法估量。君子將身心沉湎于大道中，就能快樂得忘掉憂傷；小人保全了身體，就會快得忘掉罪過。我私下裏認為，我的過失已經十分嚴重，行為也有所欠缺，甘願長久地做農夫直到去世。于是我就親自帶領妻子兒女，盡全力耕田植桑，灌溉果園，以及經營產業，就是為了交納賦稅給國家，沒想到還會因此被人譏諷非議。

依照人情所不應該禁止的事，就算是聖人也不能禁止。所以即使是爲至尊的君王和至親的送終服喪，在適當的時候也應該結束。作爲臣子，我已經獲罪三年了。田家耕作辛苦，每逢伏日、臘日的祭祀，就煮羊肉和烤羊羔，喝一斗酒慰勞自己一下。我的老家本來是在秦地，所以我也懂秦地的音樂。我的妻子也是趙地的女子，十分擅長彈瑟。奴婢中還有幾個唱歌很好的，所以喝完酒以後耳根發熱，就會仰天敲擊瓦缶，嗚嗚地唱歌。唱的是：「南山種田好辛勤，荆棘野草多除不盡。豆子種了一頃地，全都落地變豆萁。人生還需及時樂，坐享富貴到哪天！」每逢這天，我都會興奮得上上下下甩袖子，跺着腳跳起舞來；的確是縱情歡樂也沒有節制，我不知道這樣有什麼錯。幸虧楊惲積攢着一些俸祿，正在經營低價買高價賣的生意，追求那十分之一的微薄利益。這是奸商才會幹的事，被人侮辱並且看不起，但是我卻親自做了。身份卑賤之人，被衆人所誹謗，想起來我就會不寒而粟。即使是平素知道我楊惲爲人的，都跟隨世俗之風來譏諷我，哪裏還有人會來贊譽我呢？董仲舒不是也說麽：「忙前忙後地追求仁義，還常常擔心不能教化百姓，這正是卿大夫的心思。忙前忙後地追求財利，還擔心貧窮匱乏，這正是老百姓的心思。」所以道不同，就不相爲謀，現如今您怎麽可以用卿大夫的標準來

指責我呢！

好比說，您的家鄉西河郡當初是魏國的領土，是魏文侯興建的。現在都還保存着段干木、田子方等人樹立的遺風，這兩位都志氣高遠，懂得分辨隱居和致仕。這些年，您離開故鄉，去安定做太守，安定的山谷之間，是當初昆戎人的土地，他們的後代貪婪卑鄙，難道當地的習俗改變了您的志向情操麽？在今天才看清了您的志向！當今正好趕上大漢興盛之時期，願您勤勉，不必多說了！

光武帝臨淄勞耿弇 《後漢書》

題解　耿弇率軍取勝立了大功，光武帝親自去勞軍。光武帝把耿弇與西漢開國功臣韓信相比，稱贊他的功績高過韓信，還稱贊他有遠見，並能堅持信念，終于取得成功。

原文　車駕至臨淄①，自勞軍，群臣大會。帝②謂弇③曰：「昔韓信破歷下④以開基；今將軍攻祝阿⑤以發跡。此皆齊之西界，功足相方。而韓信襲擊已降⑥，將軍獨拔勍敵，其功乃難于信也。又田橫⑦烹酈生，及田橫降，高帝詔衛尉⑧不聽爲仇；張步⑨前亦殺伏隆⑩，若步來歸命，

吾嘗詔大司徒⑪釋其怨。又事尤相類也。將軍前在南陽⑫建此大策⑬，常以爲落落難合；有志者事竟成也。」

注釋

①臨淄：地名，在今山東淄博東北。②帝：指光武帝劉秀，字文叔，二五年—五七年在位。③弇：耿弇，字伯昭，東漢初扶風茂陵（今陝西興平東北）人，其父在王莽時任朔調連率（即上谷太守）。更始時，弇率上谷兵投奔劉秀。多次向劉秀獻策，甚得寵，官大將軍。劉秀稱帝後，任建威大將軍，封好時侯。④歷下：在今山東濟南。⑤祝阿：在今山東濟南西。當時是張步的前哨陣地。⑥韓信襲擊已降：楚漢戰爭中，劉邦使酈食其說齊王田廣歸漢，齊王聽酈生言，撤除對漢的防禦，韓信乘機襲齊歷下軍，遂至臨淄。⑦田橫：田廣之弟。韓信破齊王田廣後，橫自立爲齊王。漢朝建立，田橫率其徒屬五百餘人入居海島，劉邦使人召之，田橫被迫前往，因不願稱臣于漢，遂中途自殺。當韓信襲擊歷下時，相國田廣以爲酈生出賣自己，乃烹酈生。⑧衛尉：官名，掌宫門衛屯兵，此指酈食其之弟酈商。高祖恐酈商與田橫爲仇，詔酈商曰：「橫即至，敢動者族之。」⑨張步：琅琊人，字文公。光武初起時，步擁衆割據于劇城（今山東壽光）。光武遣伏隆持節招張步歸降，張步殺了伏隆。⑩伏隆：伏湛之子，字伯文，曾任光禄大夫。⑪大司徒：官名，地位相當于漢初之丞相，此指伏湛，伏隆之父。⑫南陽：郡名，在今河南南陽一帶。⑬建此大策：指建武三年（二七年）耿弇在春陵（屬南陽郡）向劉秀提出的軍事計劃：北收上谷兵，定彭寵于漁陽，取張豐于涿鹿，還收富平、獲索，東攻張步以平齊地。

譯文

光武帝來到臨淄，親自慰勞軍隊，群臣都聚集過來。光武帝對耿弇說：「從前韓信攻破歷下開創漢朝基業；今天將軍你攻下祝阿而揚名。這兩個地方都是在齊地的西邊邊界，你們的功績足以相當。然而韓信襲擊已經投降的敵軍，將軍靠獨立的軍隊戰勝強敵，這功勞就難于韓信啊。另外田橫烹煮了酈生，到田橫投降時，高帝劉邦詔告酈商不得任性與田橫結仇；張步以前也殺了伏隆，如果張步前來歸降，我就會詔告大司徒要他消除怨恨。這又是類似的事情啊。將軍你先前在南陽謀劃這麼大的策略，我總認爲不實際難以實現；其實是有志者事竟成啊。」

吾當詔大司徒釋其怨。又事尤相類也。將軍前在南陽建此大策，常以為落落難合，有志者事竟成也。」

光武帝來到臨淄，親自慰勞軍隊，群臣都聚集過來。光武帝對耿弇說：「從前韓信攻破歷下開創漢朝基業；今天將軍你攻下祝阿而揚名。這兩個地方都是齊地的西邊邊界，你們的功勞足以相當。然而韓信襲擊已經投降的敵軍，將軍靠獨立的軍隊戰勝強敵，這功勞就難於韓信啊。另外田橫烹煮了酈生，到田橫投降時，高帝劉邦詔告衛尉酈商不得仇恨田橫。張步以前也殺了伏隆，如果張步前來歸降，我就會詔告大司徒要他消除怨恨。這又是類似的事情啊。將軍你先前在南陽謀劃這麼大的策略，我總認為不實際難以實現；其實是有志者事竟成啊。」

作者簡介

馬援（前一四年—前四九年），字文淵，東漢初年扶風茂陵（今陝西興平東北）人。建武十七年曾任伏波將軍，封新息侯。馬援進軍交趾。《誡兄子嚴敦書》就是他在交趾時寫的。

這篇短信，抓住其兄子馬嚴、馬敦等喜歡譏議、妄通俠客的缺點，諄諄訓誡。又以龍伯高和杜季良爲例，並加以比較，規勸他們一定要做到忠厚謹慎，切忌華而不實，陷于輕薄。全信字數不多卻切中要害。

誡兄子嚴敦書①

馬援

題解　馬援的侄子馬嚴、馬敦平時喜歡譏笑議論時政、與俠客交往，使他很擔憂，于是他寫了這封信，述說自己的親身經驗，評析當世賢良的行爲得失來勸說晚輩。文章言辭懇切，充滿了長輩對晚輩的深情關懷和殷殷期待。

原文　援兄子嚴、敦，並喜譏議，而通輕俠客。援前在交趾，還書誡之曰：「吾欲汝曹②聞人過失，如聞父母之名，耳可得聞，口不可得言也。好議論人長短，妄是非正法，此吾所大惡也，寧死不願聞子孫有此行也。汝曹知吾惡之甚矣，所以復言者，施衿結縭③，申父母之戒，欲使汝曹不忘之耳。龍伯高④敦厚周慎，口無擇言，謙約節儉，廉公有威。吾愛之、重之，願汝曹效之。杜季良⑤豪俠好義，憂人之憂，樂人之樂，清濁⑥無所失，父喪致客，數郡畢至。吾愛之、重之，不願汝曹效也。效伯高不得，猶爲謹敕⑦之士，所謂刻鵠不成尚類鶩⑧者也；效

教子務學

本文作者評析當世賢良的行爲得失來勸說教導晚輩。

吳楚材、吳調侯：今又復言之者，猶父母送女，親爲施衿結縭，申其訓戒，不憚再三，蓋欲使汝曹不遺忘耳。以上誡其喜譏議。

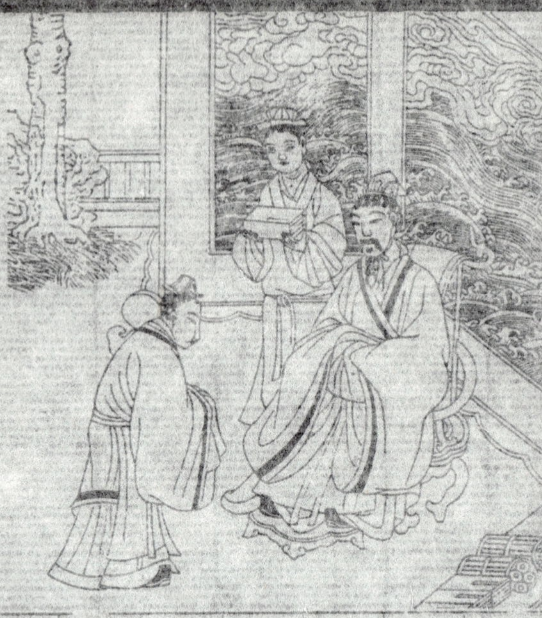

吴楚材、吴調侯：又單言季良取禍之道，以重警之。以上誡其通輕俠客。戒兄子書，諄諄以點浮返樸爲計，其關係世教不淺。

季良不得，陷爲天下輕薄子，所謂畫虎不成反類狗者也。訖今季良尚未可知，郡將下車⑨輒切齒，州郡以爲言，吾常爲寒心，是以不願子孫效也。」

注釋

①嚴、敦：指馬嚴、馬敦。二人都是馬援的侄子。②汝曹：你輩。③施衿結縭：衿，佩帶。縭，佩巾。古代女子出嫁，母親把佩巾結在女兒身上。④龍伯高：東漢時期京兆（今陝西西安）人，名述，當時任山都長。⑤杜季良：東漢京兆（今陝西西安）人，名保，當時任越騎司馬。⑥清濁：清，指品行好的人；濁，指品行不好的人。⑦謹敕：謹慎，能約束自己的言行。⑧鶩：野鴨。⑨下車：指官吏到任。

譯文

我兄長之子馬嚴和馬敦，都喜歡譏笑、評論別人的事，而且愛與輕浮的俠士結交。我在前往交趾時，寫信告誡他們說：「我希望你們聽到別人的過失，如同聽見了父母的名字，可以耳朵聽見，不可用口說。喜歡議論別人的長處和短處，胡亂褒貶朝廷的法度，這些都是我深惡痛絕的，我寧可死，也不願知道自己的子孫有這種行爲。你們知道我十分厭惡這種行徑，所以我再次提起，就像女兒在出嫁前父母再三告誡的一樣，我想讓你們牢牢記住。龍伯高爲人誠實厚道，說出的話無可指責，謙約節儉，廉潔奉公又不失威嚴。我愛護他，敬重他，希望你們學習他。杜季良爲人豪俠好義，有正義感，憂他人所憂，樂他人之樂，無論什麼人都結交，他的父親去世時，幾個郡的人都趕來了。我愛護他，敬重他，但不希望你們向他學習。學習龍伯高不成功，還可以做一個謹慎謙虛的人，即所謂『刻鵠不成尚類鶩』；學習杜季良不成功，那你們就成了輕薄子弟，即所謂『畫虎不成反類狗』。到現今杜季良還不知道，郡守一上任就對他怨恨，州郡官把這事對我說，我常常爲他寒心，因此不希望子孫向他學習。」

作者簡介

諸葛亮（一八一年—二三四年），字孔明，琅琊郡陽都縣（今山東沂南）人，漢朝末年著名的政治家、軍事家和外交家。從二十六歲起，他竭盡心志輔助劉備，使力量較弱的劉備在成都立住脚，建立了與曹操、孫權抗衡的蜀漢。劉備死後，他又全力幫助懦弱的劉禪，北拒曹魏，東和孫權，南平蠻夷，並努力恢復農業生産，興修水利，連他的敵人司馬懿也稱贊他爲「天下奇才」。

諸葛亮在文學創作方面也取得了一些成就，他的《前出師表》和《後出師表》皆爲流傳千古的佳作。

前出師表①

諸葛亮

題解　建興五年（二二七年），蜀漢外結孫吳，內定南中，諸葛亮認爲此時可北伐中原、匡復漢室。決定率軍北進征伐曹魏。臨行上書後主劉禪，規勸後主辯明忠奸、采納忠言，也表達了自己願以興復漢室爲己任的志向，情義真誠感人。

原文　臣亮言：先帝②創業未半，而中道崩殂③。今天下三分，益州④疲敝，此誠危急存亡之秋⑤也。然侍衛之臣不懈于內，忠志之士忘身于外者，蓋追先帝之殊遇，欲報之于陛下也。誠宜開張聖聽，以光先帝遺德，恢宏志士之氣；不宜妄自菲薄，引喻失義，以塞忠諫之路也。

吳楚材、吳調侯：次叙群情，起下用人。

宮中、府中，俱爲一體，陟罰臧否⑥，不宜異同。若有作奸犯科

及爲忠善者，宜付有司，論其刑賞，以昭陛下平明之治，不宜偏私，使內外異法也。侍中、侍郎郭攸之、費禕、董允等⑦，此皆良實，志慮忠純，是以先帝簡拔⑧以遺陛下。愚以爲宮中之事，事無大小，悉以咨之，然後施行，必能裨補闕漏，有所廣益。將軍向寵⑨，性行淑均，曉暢軍事，試用于昔日，先帝稱之曰能，是以衆議舉寵以爲督。愚以爲營中之事，事無大小，悉以咨之，必能使行陣和穆，優劣得所也。

吳楚材、吳調侯：此段言府中之事，宜開張聖聽。時宦人伺伏，必有乘孔明遠出，而蠱惑其君者，故亟亟薦引賢才，布列庶位以防之。

親賢臣，遠小人，此先漢所以興隆也；親小人，遠賢臣，此後漢所以傾頽也。先帝在時，每與臣論此事，未嘗不嘆息痛恨于桓、靈⑩也。侍中、尚書、長史、參軍⑪，此悉貞亮死節之臣也，願陛下親之信之，則漢室之隆，可計日而待也。

臣本布衣，躬耕于南陽，苟全性命于亂世，不求聞達于諸侯。先帝不以臣卑鄙，猥自枉屈，三顧臣于草廬之中，咨臣以當世之事。由

吳楚材、吳調侯：後主建興五年，諸葛孔明率軍北駐漢中，以圖中原，臨發上此疏。大意祇重親賢遠佞，而親賢尤爲遠佞之本。故始以開張聖聽起，末以咨諏察納收。篇中十三引先帝，勤勤懇懇，皆根極至誠之言，自是至文。

是感激，遂許先帝以驅馳。後值傾覆，受任于敗軍之際，奉命于危難之間，爾來二十有一年矣。先帝知臣謹慎，故臨崩寄臣以大事也。受命以來，夙夜憂嘆，恐托付不效，以傷先帝之明。故五月渡瀘⑫，深入不毛。今南方已定，兵甲已足，當獎帥三軍，北定中原。庶竭駑鈍，攘除奸凶⑬，興復漢室，還于舊都。此臣所以報先帝而忠陛下之職分也。至于斟酌損益，進盡忠言，則攸之、禕、允之任也。願陛下托臣以討賊興復之效，不效則治臣之罪，以告先帝之靈。若無興德之言，則責攸之、禕、允之咎，以彰其慢。陛下亦宜自謀，以諮⑭諏善道，察納雅言，深追先帝遺詔⑮。臣不勝受恩感激。今當遠離，臨表涕泣，不知所云。

注釋

①表：舊時臣下對君主有所陳奏時所用的一種文體。②先帝：已去世的皇帝。這裏指蜀漢昭烈帝劉備。③崩殂：古代稱帝王死亡。④益州：約今四川及其附近一帶，是蜀漢政權所在地。⑤秋：年歲，時代。⑥陟罰：提升和懲罰。臧否：善的和惡的，引申爲贊揚和斥責的意思。⑦郭攸之：字演長，當時任侍中。費禕：字文偉，曾任黄門侍郎，出使吳國歸來，升任侍中。董允：字休昭，曾任黄門侍郎。⑧簡拔：選拔。⑨向寵：字巨達，劉備時任牙門將（守衛主帥營門的官員）。⑩桓、靈：指漢桓帝（劉志）和漢靈帝（劉宏）。⑪尚書：在宫廷中協助皇帝處理政務的高級官員。指陳震。長史：協助丞相總管政務的官員。指張裔。參軍：參謀軍務的官。指蔣琬。⑫五月渡瀘：後主建興三年五月，諸葛亮率軍渡瀘水（今四川南部雅礱江下遊和金沙江會合雅礱江後的一段），南征少數民族統治者孟獲。瀘水上陰曆五月瘴氣特别大。⑬攘除：排除。奸凶：

定三分隆中決策

劉備登門拜訪諸葛亮，孔明爲他分析了天下的形勢。

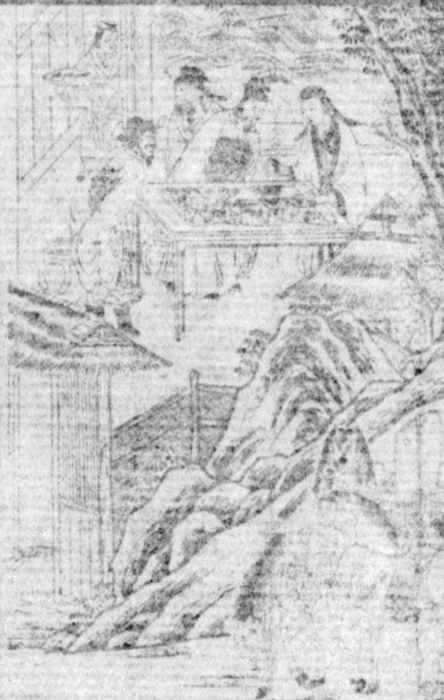

奸邪凶惡的人。指曹魏集團。⑭諏：詢問。⑮遺詔：指章武三年劉備病危時的遺命。劉備曾囑咐劉禪：「勿以惡小而爲之，勿以善小而不爲！惟賢惟德，可以服人。」

譯文 臣諸葛亮進言：先帝開創大業還未完成一半就中途死去。現在天下三分鼎立，益州是那麼疲乏困頓，這眞是處于生死存亡的時刻啊。然而朝廷裏侍奉衛護的臣子，不敢有絲毫懈怠；疆場上忠貞的將士，奮不顧身地作戰，那是因爲大家在懷念先帝對他們非常的恩遇，要向陛下表示報答之情啊。陛下確實應該廣泛地聽取大家的意見，來光大先帝留下的美德，鼓舞大臣們堅貞爲國的正氣；不可輕率地看輕自己而說出無理的話，以致堵塞了盡忠規勸的言路。

宮裏的近臣和相府的官吏，是一個整體，凡是有所獎懲，不應該有不同標準。如果有做壞事觸犯法令或忠心做好事的，應該交由有關官員加以懲罰或獎勵，以此來顯示陛下處事的公正賢明；不可有所偏袒，使得宮廷內外法令不一。侍中、侍郎郭攸之、費禕、董允等，都是品德善良誠實、意念忠貞純正的人，所以先帝選拔出來留給陛下任用。我認爲宮廷中事，無論大小，都應該詢問他們，然後再執行，一定能夠補救疏漏，增加效益。向寵將軍性情善良公正，通曉軍事，當初曾被任用過，先帝對

他很贊賞，因此衆人醞釀着要推舉他做中部督。我認爲禁衛部隊的事務，無論大小，全都向他詢問，一定能使軍隊協調齊心，處置得當，各得其所。親近賢臣，疏遠小人，前漢因而興旺強盛；親近小人，疏遠賢臣，後漢因此而衰落滅亡。先帝在世時，每逢與我議論到這些事，無不對桓、靈二帝的作爲感到痛恨而嘆息。侍中郭攸之、費禕，尚書令陳震，長史張裔，參軍蔣琬，都是忠貞坦誠、能以死報國的臣子，希望陛下親近他們，信任他們，則漢家天下的興旺，就爲期不遠了。

我本來是個平民，在南陽耕田爲生，衹求在亂世中能保全性命，不想向諸侯謀求官祿和顯赫的名聲。先帝不嫌棄我低賤和少見識，不惜自降身份而三顧茅廬，向我詢問天下大事。因此我爲之感動，答應爲先帝效力。後來戰事危急，我在敗亡之際，接受了挽救危局的重任，至今已有二十一年了。先帝知道我處事謹慎，所以在臨死時把國家大事交付給我。接受先帝遺命以來，我日夜擔心嘆息，唯恐辜負所托，從而有損先帝的英名。所以我在炎熱的五月渡過瀘水，深入到不毛之地。現在南方已平定，兵器充足，應統率全軍，北進平定中原。我可以竭盡微薄的才能，掃除凶殘的奸賊，光復漢家江山，遷回舊時的國都。這就是臣下用來報答先帝，效忠于陛下的職責。至于權衡利弊得失，向陛下進忠言，

臣諸葛亮進言：先帝開創大業還未完成一半就中途去世。現在天下三分鼎立，益州疲憊困頓，這真是處于生死存亡的緊要關頭。然而朝廷裏侍奉護衛的臣子，不敢有絲毫懈怠；疆場上忠貞的將士，奮不顧身地作戰。那是因為大家在懷念先帝對他們非常的恩遇，要向陛下表示報答之情啊。陛下確實應該廣泛地聽取大家的意見，來光大先帝留下的美德，鼓舞大臣們堅貞愛國的正氣；不可隨便地看輕自己而說出無理的話，以致堵塞了盡忠規勸的言路。

宮裏的近臣和相府的官吏，是一個整體，凡是有所獎懲，不應該有不同標準。如果有做壞事觸犯法令或忠心做好事的，應該交由有關官員加以懲罰或獎勵，以此來顯示陛下處事的公正賢明；不可有所偏頗，使得宮廷內外法令不一。侍中、侍郎郭攸之、費禕、董允等，都是品德善良誠實，意念忠貞純正的人，所以先帝選拔出來留給陛下任用。我認為宮廷中事，無論大小，都應該諮詢他們，然後再執行，一定能夠彌補疏漏，增加效益。向寵將軍性情善良公正，通曉軍事，當初曾被任用過，先帝對他很讚賞，因此眾人醞釀著要推舉他做中部督。我認為禁衛部隊的事務，無論大小，全都向他詢問，一定能使軍隊協調齊心，處置得當，各得其所。親近賢臣，疏遠小人，前漢因而興旺強盛；親近小人，疏遠賢臣，後漢因此而衰落滅亡。先帝在世時，每逢與我議論到這些事，無不對桓、靈二帝的作為感到痛恨而嘆息。侍中郭攸之、費禕，尚書令陳震，長史張裔，參軍蔣琬，都是忠貞坦誠，能以死報國的臣子，希望陛下親近他們，信任他們，則漢家天下的興旺，就為期不遠了。

我本來是個平民，在南陽耕田為生，只求在亂世中能保全性命，不想向諸侯謀求官祿和顯赫的名聲。先帝不嫌棄我低賤和少見識，不惜自降身份而三顧茅廬，向我詢問天下大事。因此我為之感動，答應為先帝效力。後來軍事危急，我在敗亡之際，接受了挽救危局的重任，至今已有二十一年了。先帝知道我做事謹慎，所以在臨死時把國家大事交付給我。接受先帝遺命以來，我日夜擔心嘆息，唯恐辜負所托，從而有損先帝的英名。所以我在五月渡過瀘水，深入到不毛之地。現在南方已平定，兵器充足，應該統率全軍，北進平定中原。我可以竭盡微薄的才能，剷除凶殘的奸賊，光復漢家江山，還回舊時的國都。這就是臣下用來報答先帝、效忠于陛下的職責。至于權衡利弊得失，向陛下進忠言，那是郭攸之、費禕、董允的責任了。希望陛下把討伐曹魏、興復漢室的任務賦予我，如果無所成就，就治我的罪，來稟告先帝在天之靈。如果沒有發揚聖德的言論，那就要責備郭攸之、費禕、董允等人的怠惰之罪，公佈他們的過失。陛下也應該自作打算，探求從善的道理，瞭解並接受正直的言論，不忘先帝的遺願，我就感恩不淺了。如今就要遠征，面對表文，流下淚來，不知該說些什麼。

後出師表

諸葛亮

題解　《後出師表》作于第一次北伐失敗後，有的大臣對再次北伐持有不同意見。諸葛亮認爲漢賊不兩立，現實的形勢是敵强我弱，向後主闡明北伐不僅是爲實現先帝的遺願，也關係到蜀漢的存亡，因此不能動摇。表達了自己願「鞠躬盡力，死而後已」的忠貞之情。因爲這篇表不見于《三國志》本傳和《文選》，衹是在裴松之的注中被引用，所以有人認爲系後人僞作。

原文　先帝慮漢、賊[1]不兩立，王業不偏安[2]，故托臣以討賊也。以先帝之明，量臣之才，固知臣伐賊，才弱敵強也；然不伐賊，王業亦

亡，惟坐而待亡，孰與伐之？是故托臣而弗疑也。臣受命之日，寢不安席，食不甘味，思惟北征，宜先入南，故五月渡瀘，深入不毛，並日而食。臣非不自惜也，顧王業不可偏安于蜀都，故冒危難以奉先帝之遺意，而議者謂爲非計。今賊適疲于西[3]，又務于東[4]，兵法乘勞，此進趨之時也。謹陳其事如左：

高帝明並日月，謀臣淵深，然涉險被創，危然後安。今陛下未及高帝，謀臣不如良、平，而欲以長策取勝，坐定天下，此臣之未解一也。劉繇、王朗[5]，各據州郡，論安言計，動引聖人，群疑滿腹，衆難塞胸，今歲不戰，明年不征，使孫策[6]坐大，遂並江東，此臣之未解二也[7]。曹操智計，殊絶于人，其用兵也，仿佛孫、吳，然困于南陽[8]，險于烏巢[9]，危于祁連[10]，逼于黎陽[11]，幾敗北山[12]，殆死潼關[13]，然後僞[14]定一時爾。況臣才弱，而欲以不危而定之，此臣之未解三也。曹

吴楚材、吴調侯：此段言不可以不戰資敵。

吳楚材、吳調侯：此段言緩之則無人，難以圖敵。

操五攻昌霸不下[15]，四越巢湖不成[16]，任用李服而李服圖之[17]，委任夏侯[18]而夏侯敗亡。先帝每稱操爲能，猶有此失，況臣駑下，何能必勝？此臣之未解四也。自臣到漢中，中間期年耳，然喪趙雲、陽群、馬玉、閻芝、丁立、白壽、劉合、鄧銅等及曲長屯將七十餘人，突將無前，賨、叟、青羌[19]散騎武騎一千餘人，此皆數十年之內所糾合四方之精鋭，非一州之所有；若復數年，則損三分之二也，當何以圖敵？此臣之未解五也。今民窮兵疲，而事不可息，事不可息，則住與行勞費正等，而不及早圖之，欲以一州之地與賊持久，此臣之未解六也。

夫難平者，事也。昔先帝敗軍于楚[20]，當此時，曹操拊手，謂天下已定。然後先帝東連吳、越[21]，西取巴蜀[22]，舉兵北征，夏侯授首，此操之失計而漢事將成也。然後吳更違盟，關羽毀敗[23]，秭歸蹉跌[24]，曹丕稱帝[25]。凡事如是，難可逆料。臣鞠躬盡力[26]，死而後已，至于成敗利鈍，非臣之明所能逆睹也。

注釋

①賊：指曹魏。②偏安：偏居一方以自安。③今賊適疲于西：指蜀漢建興六年（二二八年），諸葛亮出祁山（在今甘肅禮縣東）伐魏，隴右之天水、南安等郡相繼叛魏響應蜀軍，魏將姜維投降，關中大震，魏明帝不得不親自到長安坐鎮。④又務于東：指建興六年（二二八年），魏曹休攻吳，吳將陸遜大破曹休軍于石亭（今安徽潛山東北）。⑤劉繇：東漢末爲揚州刺史。王朗：東漢末爲會稽太守。⑥孫策：孫堅之子，獻帝興平二年（一九五年），率軍渡江，吞並了劉繇、王朗等割據勢力，在江東建立孫氏政權。⑦「此臣」句：以上數句借劉繇、王朗事暗喻蜀若坐失良機不出師伐魏必致以國資敵，故言「未

白帝城先主托孤

劉備在白帝城托孤于諸葛亮。

解」。⑧因于南陽：漢獻帝建安二年（一九七年），曹操率軍至宛（南陽郡治，今河南南陽），攻張綉。張綉投降曹操，隨即又反悔，襲操。操軍敗，操中流矢，其長子曹昂、侄子曹安民均死于是役。⑨險于烏巢：建安四年（一九九年），袁紹率精兵十萬，騎萬餘，欲攻許昌，分兵約萬人于官渡設防。次年八月袁紹軍進至官渡，操堅壁防守，對峙百餘日。曹操兵少糧缺，曾一度想退回許昌。烏巢，在今河南延津東南，臨近官渡（河南中牟東北）。⑩危于祁連：事未詳。⑪逼于黎陽：建安八年，曹操攻黎陽，大破袁譚、袁尚軍，當時無被逼事。黎陽，在今河南浚縣東北。⑫幾敗北山：建安二十四年（二一九年），曹操與劉備爭奪漢中郡（屬益州），曹軍失利，曹操趕赴前綫，雙方展開鏖戰。有一次曹軍運米至北山下，黃忠領兵奪取，趙雲接應。趙雲與曹軍遭遇，大敗曹軍。⑬殆死潼關：建安十六年（二一一年），曹操開始了向關西的軍事行動，關中馬超、韓遂等十部聯合抗操，據守潼關。⑭僞：蜀漢自居正統，故稱曹操爲「僞」。⑮五攻昌霸不下：建安四年（一九九年），東海昌霸叛曹，歸附劉備，曹操遣劉岱、王忠數擊之不克。⑯四越巢湖不成：曹操與孫權曾多次戰于巢湖一帶。巢湖，在今安徽合肥東南。⑰「任用李服」句：李服，當是王子服，因「王子」連寫致誤。建安四年（一九九年），王子服曾與董承密謀殺操。⑱委任夏侯：曹操調大將夏侯淵駐守漢中，夏侯淵恃勇輕敵，爲蜀將黃忠擊敗于定軍山（今陝西勉縣東南），被殺。⑲賨、叟、青羌：西南地區的少數民族。⑳「昔先帝」句：建安十三年（二〇八年），劉備被曹操擊敗于當陽長阪（今湖北當陽東北）。㉑東連吴、越：建安十三年，劉備聯合孫權大破曹操于赤壁。㉒西取巴蜀：建安十九年（二一四年），劉備打敗劉璋，占據益州。㉓關羽毀敗：建安二十四年（二一九年），孫權派吕蒙襲南郡。敗殺關羽，據荆州。㉔秭歸蹉跌：蜀昭烈章武元年（二二一年），劉備率軍攻吴，次年，被吴將陸遜大敗于夷陵（今湖北宜昌東南）。劉備率殘兵西逃，經秭歸（今湖北秭歸）至白帝城（今四川奉節）。㉕曹丕稱帝：魏文帝黄初元年（二二〇年），曹丕廢漢獻帝，自立爲帝。㉖盡力：一作「盡瘁」。

【譯文】先帝考慮到蜀漢和篡漢的奸賊不能並存，漢王室的大業不能苟且偷安于一地，所以委任我討伐曹賊。以先帝那樣的明察，衡量我的才能，本來就知道讓我去征討敵人，我的能力微弱而敵人強

討伐曹賊，以先帝那樣的明智，衡量我的才能，本來就知道讓我去征討敵人，我的能力微弱而敵人強

【注釋】

先帝考慮到蜀漢和曹魏[illegible]不能共存，漢王室的大業不能苟且偷安于一地，所以委任我

[illegible]

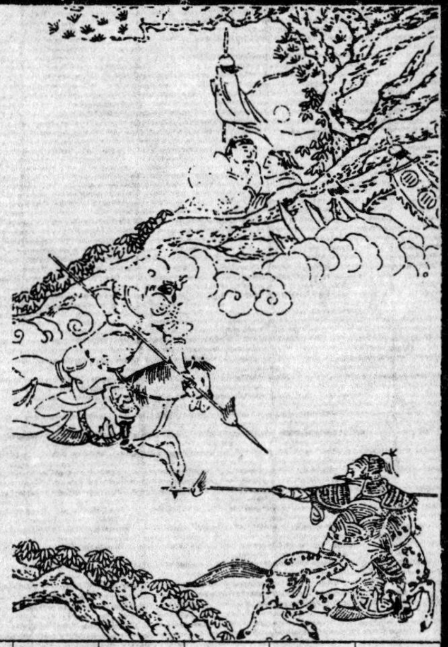

孫策大戰太史慈

孫堅之子孫策，吞並了劉繇、王朗等割據勢力，在江東建立孫氏政權。

大；但是，不去討伐敵人，王業也是要敗亡的，是坐等滅亡，還是主動去征伐敵人呢？因此毫不猶豫地托付于我。我從接受任命起，睡不安穩，食無滋味，想到要去北伐，應先安定南面，所以五月裏竟渡過瀘水，深入荒蕪的地方，兩天才能吃一天的糧食。我並非不愛惜自己，而是看到帝王之業不可能偏處在蜀地而自安，所以甘願冒險，來執行先帝的遺願，可是議政的群臣說這不是上策。目前敵人恰好在疲于對付西邊的叛亂，又忙着應付東方的戰事，按兵法的要求，敵方勞困時，正是進軍攻打的時機。現在謹將有關事情陳述如下：

高祖皇帝的英明可與日月相比，他的謀臣見識廣博，謀略深遠，但還是要經歷艱險和創傷，遭遇危難然後取得安定。現在，陛下不如高祖皇帝，謀臣也不如張良、陳平，而想用長期相持的戰略來取勝，安安穩穩地得到天下，這是我所不能理解的第一點。劉繇、王朗，各自占據州郡，議論安定天下的策略，動輒引用古代聖賢的話，大家心中充滿疑問，胸中疑難不解；今年不出戰，明年不征討，讓孫策坐享強盛，終于並吞了江東，這是我所不能理解的第二點。曹操的智能謀略，超過別人，他用兵和孫武、吳起一樣，但是曾在南陽敗困，在烏巢遇險，在祁連遭到厄難，在黎陽被敵困逼，幾乎慘敗在北山，差一點死在潼關，然後才僭稱國號于一時得逞。何況我才能低微，而竟想不冒艱險來平定天下，這是我所不能理解的第三點。曹操五次攻打昌霸不能取勝；四次想跨越巢湖而未成功，任用李服，而李服密謀殺害他；委用夏侯淵，而夏侯淵戰敗身死。先帝常常稱贊曹操有才幹，還是有這些挫敗，何況我才能低微，怎能保證一定得勝呢？這是我所不能理解的第四點。自從我進駐漢中，已有一年時間，這期間就喪失了趙雲、陽群、馬玉、閻芝、丁立、白壽、劉合、鄧銅等將領及曲長、屯兵將官七十餘人；突將、無前、賨叟、青羌、散騎、武騎等士卒一千餘人，這些都是幾十年內從各處招集來的精銳，不是蜀地一州所能有的；如果再過幾年，就會損失三分之二，那時怎樣去對付敵人？這是我所不能理解的第五點。現在百姓窮困兵士疲憊，但戰爭不會停息；戰爭不能停息，駐軍

孫策大戰太史慈

孫堅之子孫策、孫權，吞並了劉繇、王朗等割據勢力，在江東建立孫氏政權。

大；但是不去討伐敵人，王業也是要滅亡的。是坐等滅亡，還是主動去征伐敵人呢？因此毫不猶豫地托付於我。我從接受任命起，睡不安穩，食無滋味，想到要去北伐，應先安定南面，所以五月裏渡過瀘水，深入荒無人煙的地方，兩天才能吃一天的糧食。我並非不愛惜自己，而是看到帝王之業不可能偏安在蜀地而自安，所以甘願冒險，來執行先帝的遺願，可是議政的群臣說這不是上策。目前敵人恰好在疲於對付西邊的叛亂，又忙着應付東方的戰事，按兵法的要求，敵方勞困時，正是進軍攻打的時機。現在謹將有關事情陳述如下：

高祖皇帝的英明可與日月相比，他的謀臣見識廣博，謀略深遠，但還是要經歷艱險和創傷，遭遇危難然後取得安定。現在，陛下不如高祖皇帝，謀臣也不如張良、陳平，而想用長期相持的戰略來取勝，安安穩穩地得到天下，這是我所不能理解的第一點。劉繇、王朗，各自占據州郡議論安定天下的策略，動輒引用古代聖賢的話，大家心中充滿疑問，胸中藏難不解，今年不出戰，明年不征討，讓孫策坐享強盛，終於吞並了江東。這是我所不能理解的第二點。曹操的智能謀略超過別人，他用兵和孫武、吳起一樣。但是曾在南陽吃敗仗，在烏巢遇險，在祁連遭到厄難，在黎陽被敵困逼，幾乎慘敗在北山，差一點死在潼關，然後才僭稱國號於一時得逞。何況我才能低微，而竟想不冒艱險來平定天下，這是我所不能理解的第三點。曹操五次攻打昌霸不能取勝，四次想渡過巢湖而未成功，任用李服，而李服密謀殺害他；委用夏侯淵，而夏侯淵戰敗身死。先帝常常稱贊曹操有才幹，還是有這些挫敗，何況我才能低微，怎能保證一定得勝呢？這是我所不能理解的第四點。自從我進駐漢中，已有一年時間，這期間就喪失了趙雲、陽群、馬玉、閻芝、丁立、白壽、劉郃、鄧銅等將領及曲長、屯將七十餘人，突將、無前、賨叟、青羌、散騎、武騎等士卒一千餘人，這些都是幾十年內從各處招集來的精銳，不是一州所能有的；如果再過幾年，就會損失三分之二，那時怎樣去對付敵人？這是我所不能理解的第五點。現在百姓窮困兵士疲勞，但戰爭不能停息；戰爭不能停息，駐軍和出擊，其勞力費用正是相等的，不趁此時出擊敵人，妄想以益州一地來和敵人長久相持，這是我所不能理解的第六點。

最難預測的是戰事。當初先帝戰敗于楚地，那時曹操拍手稱快，以爲天下已經平定了。但是，後來先帝與孫吳聯合，取得了西方的巴蜀之地，出兵北伐，夏侯淵掉了腦袋，這是曹操估計錯誤之處，復興漢室的大業眼看成功了。但是，後來孫吳又背棄盟約，關羽戰敗被殺，先帝又在秭歸遭到挫敗，曹丕篡漢稱帝。所有的事都是這樣，難以預料。我衹有竭盡全力，到死爲止，至于究竟是成功還是失敗，是順利還是遭到挫折，就不是我的智力所能預見的。

卷七 六朝唐文

作者簡介

李密（二二四年—二八七年），一名虔，字令伯，三國時犍爲郡武陽縣（今四川彭山東）人。父早亡，母改嫁，由祖母劉氏撫養成人。在蜀漢任尚書郎，曾出使吳國，很有才辯。祖母死後，才赴洛陽任職。

陳情表①

李密

題解 李密是在祖母劉氏的撫養下長大的，也以孝敬祖母而聞名。李密幼時體弱多病，但非常好學。年輕時，曾任蜀漢尚書郎。晉滅蜀後，征西將軍鄧艾請他擔任主簿，李密以奉養年邁祖母爲由謝絶。後來晉武帝屢次下詔徵用李密。這時，李密的祖母已九十六歲，年老多病。于是他上《陳情表》說明自己無法應詔的原因。

原文 臣密言：臣以險釁②，夙遭閔凶③。生孩六月，慈父見背④；行年四歲，舅奪母志。祖母劉，愍臣孤弱⑤，躬親撫養。臣少多疾

吳楚材、吳調侯：寫出進退兩難之狀，以示不得不再具表陳情之意。

病，九歲不行；零丁孤苦，至于成立。既無叔伯，終鮮兄弟。門衰祚薄⑥，晚有兒息。外無期功強近之親⑦，內無應門五尺之童⑧。煢煢孑立⑨，形影相弔。而劉夙嬰疾病，常在床蓐⑩。臣侍湯藥，未曾廢離⑪。

逮奉聖朝，沐浴清化⑫。前太守臣逵，察臣孝廉⑬；後刺史臣榮，舉臣秀才⑭。臣以供養無主，辭不赴命⑮。詔書特下，拜臣郎中；尋蒙⑯國恩，除臣洗馬⑰。猥⑱以微賤，當侍東宮，非臣隕首⑲所能上報。臣具以表聞，辭不就職。詔書切峻，責臣逋慢⑳；郡縣逼迫，催臣上道；州司臨門，急于星火㉑。臣欲奉詔奔馳，則以劉病日篤㉒；欲苟順私情，則告訴不許。臣之進退，實爲狼狽。

伏惟㉓聖朝以孝治天下，凡在故老㉔，猶蒙矜育㉕；況臣孤苦，特爲尤甚。且臣少事僞朝㉖，歷職郎署㉗，本圖宦達㉘，不矜名節。今臣

亡國賤俘，至微至陋，過蒙拔擢，寵命優渥㉚，豈敢盤桓㉛，有所希冀㉜？但以劉日薄西山㉝，氣息奄奄，人命危淺，朝不慮夕。臣無祖母，無以至今日；祖母無臣，無以終餘年。母孫二人，更相爲命；是以區區不能廢遠㉞。臣密今年四十有四，祖母劉今年九十有六。是臣盡節于陛下之日長，報劉之日短也。烏鳥私情，願乞終養。臣之辛苦㉟，非獨蜀之人士及二州牧伯㊱所見明知，皇天后土㊲，實所共鑒。願陛下矜愍愚誠，聽臣微志。庶劉僥幸，卒保餘年㊳。臣生當隕首，死當結草㊴。臣不勝犬馬怖懼之情㊵，謹拜表㊶以聞。

注釋　①表：文體名，屬于奏章一類。②險釁：指遭遇的危難和不幸。③夙：早。閔：凶喪。④見背：離開了我（指去世）。⑤愍：哀憐。孤弱：失去父母而又幼弱。⑥祚薄：福澤不厚。⑦期功：古代喪服的名稱，爲長輩服喪一年的，叫期服；爲長輩服喪九月、五月的叫功服。强近：比較親近。⑧應門：照管門户。五尺之童：指没有成年的僮僕。童，「僮」的本字。

吳楚材、吳調侯：歷叙情事，俱從天真寫出，無一字虛言駕飾。晉武覽表，嘉其誠款，賜奴婢二人，使郡縣供祖母奉膳。至性之言，自爾悲惻動人。

⑨煢煢：孤獨的樣子。孑立：孤立無依。孑，獨。⑩床蓐：床鋪。蓐，草席。⑪廢離：丢下奉養的責任而遠離。⑫沐浴清化：沉浸在清明的教化之中。⑬太守臣逵：郡的最高軍政官員名逵（姓不詳）。察：審察、薦舉。孝廉：以孝順父母、行爲廉潔爲標準。⑭刺史臣榮：州的最高軍政官員名榮（姓不詳）。秀才：以才學秀美爲標準。⑮赴命：受命應召。⑯尋：不久。蒙：受到。⑰除：授予官職。洗馬：太子洗馬，太子的侍從官。⑱猥：意同「辱」，謙詞。⑲隕首：拋棄生命的意思。隕，掉下。⑳逋慢：逃避（征召）而傲慢無禮。㉑星火：流星的光，這裏比喻急迫。㉒篤：病重。㉓伏惟：俯伏着思忖。舊時下對上有所陳述時示敬之詞。惟，思，念。㉔故老：舊時稱年高有德的人。㉕矜育：憐惜、撫養。㉖僞朝：舊時對敵對王朝的貶稱。這裏指蜀漢。㉗歷職：東漢制度，選孝廉中有才能的入尚書臺，初入臺稱守尚書郎中，滿一年稱尚書郎。郎署：指尚書臺。㉘宦達：任官顯達。㉙拔擢：提拔。㉚寵：恩榮。優渥：優厚。㉛盤桓：義同「徘徊」，逗留不進。㉜希冀：希望，企求。㉝日薄西山：比喻年歲衰暮。薄，逼近。㉞區區：懇切的意思。廢遠：意同「廢離」。㉟辛苦：痛苦的意思。㊱二州牧伯：指梁州、益州的地方長官。牧，州牧。古代稱州牧爲伯。後又以牧伯稱刺史。㊲皇天后土：指天地。㊳庶：庶幾，也許。僥幸：出于意外的幸運。卒：終于。保：保有。㊴「臣生當」二句：意思是不論我活着或死後，都將報答大恩。㊵犬馬怖懼之情：像犬馬一樣恐怖畏懼的心情，表示極度惶恐。㊶拜表：拜送表文。

焚裘示儉

晉武帝曾多次下詔徵用李密，此圖講的是晉武帝焚華麗裘褸提倡節儉之事。

譯文

臣李密陳言：臣因命運不好，從小遭遇不幸，剛出生六個月，慈父就不幸去世了；四歲那年，舅舅又逼迫母親改了嫁。祖母劉氏，憐憫我從小喪父又多病消瘦，親自撫養我。臣小時常生病，九歲時還不會走路；孤獨無靠，直至長大。既沒有叔伯，也沒有兄弟。門庭衰微福氣淺，直到很晚才有了兒子。在外沒有比較親近的親戚，在家裏又沒有照管門戶的僮僕。

孤單地生活，衹有自己的影子相伴。祖母劉氏很早就疾病纏身，常年卧床不起，臣侍奉她服用湯藥，從不離開。

到了當今的聖朝，臣蒙受着清明的政治教化。先是太守逵，推舉臣爲孝廉；後來刺史榮又推舉臣爲秀才。臣因爲無人照顧祖母，都推辭掉沒有遵命。朝廷特別下了詔書，任命臣爲郎中。不久又蒙受國家恩命，任命臣爲太子洗馬。像我這樣卑微低賤的人，能夠去服侍太子，這實是我殺身捐軀所不能報答的。我將以上處境苦衷上表，推辭不去就職。但是詔書又下達，急切嚴峻，指責我逃避命令，有意怠慢；郡縣長官催促我上路；州官登門督促，十分急切，刻不容緩。臣想接受旨意立刻爲國奔走效勞，但祖母劉氏的病卻日益加重；想要姑且順從私情，但報告申訴又未獲准許。臣如今進退兩難，處境狼狽。

臣想聖朝是以孝道來治理天下的，凡是故舊老人，尚且受到憐惜撫養；何況我的孤苦程度更爲嚴重。而且臣年輕時曾在蜀漢任職，歷任郎中和尚書郎，本就願仕途通達，無意以名譽節操來炫耀。現在我是低賤的亡國俘虜，實在卑微低下，承蒙提拔，而且恩命十分優厚，怎敢徘徊另有所圖呢？衹因

祖母劉氏已如西山的落日，氣息微弱，生命垂危，朝不保夕。臣如果沒有祖母，不能活至今日；祖母如果沒有我的服侍，也無法度過她的餘生。我們祖孫二人，相依爲命；正是因爲這些，我實在不忍離開祖母出仕爲官。臣今年四十四歲了，祖母九十六歲，臣盡忠于陛下的日子還長，而對劉氏盡孝的日子已經不多了。我懷着烏鴉反哺的私情，企求爲祖母養老送終。我的辛酸苦楚，不僅蜀地的百姓及益州、梁州的長官所目睹知曉，天地神明也都清楚。

希望陛下能憐憫臣愚昧至誠的心，准許臣實現小小的心願。使劉氏能夠僥幸地保全餘生。臣活着當犧牲生命，死了也要結草銜環來報答陛下之恩。臣下我懷着犬馬對主人般恐懼的心情，恭敬地上表稟報。

作者簡介

王羲之（三二一年—三七九年），字逸少，琅琊臨沂（今山東臨沂）人，居住在會稽（今浙江紹興）。他是東晉最大的世家的子弟，曾任江州刺史、會稽内史、右軍將軍。他是我國歷史上最著名的書法家，行書尤其精妙，後世尊爲「書聖」。那些被後人反復臨摹的「帖」常常就是一則則風神飄逸、散淡自如的短文。他也長于詩文，所作清新

雋永，多含哲理，書牘雜帖，也富有情致，但詩文爲書法之名所掩。現存輯本有《王右軍集》。

蘭亭集序

王羲之

題解 晉穆帝永和九年三月三日，王羲之與謝安、孫綽等四十一人于紹興西南諸山上的蘭亭飲酒賦詩。王羲之事後爲詩集寫了這篇序，生動地記述了這次集會的盛況，抒發了人生短暫的感慨。此文不追求雕琢詞句的技巧，文風清新質樸。

原文 永和九年①，歲在癸丑，暮春之初②，會于會稽山陰之蘭亭③，修禊④事也。群賢畢至，少長咸集。此地有崇山峻嶺，茂林修竹；又有清流激湍，映帶左右。引以爲流觴曲水⑤。列坐其次，雖無絲竹管弦之盛⑥，一觴一詠，亦足以暢敘幽情。是日也，天朗氣清，惠風⑦和暢，仰觀宇宙之大，俯察品類之盛，所以遊目騁懷⑧，足以極視聽之娛⑨，信可樂也。

夫人之相與，俯仰一世，或取諸懷抱，晤言⑩一室之內；或因寄所託⑪，放浪形骸之外。雖趣捨萬殊⑫，靜躁不同，當其欣于所遇，暫得于己，快然自足，不知老之將至。及其所之既倦，情隨事遷，感慨系⑬之矣。向之所欣，俯仰之間，已爲陳跡，猶不能不以之興懷⑭。況脩短隨化⑮，終期于盡。古人云：「死生亦大矣。」豈不痛哉！

每覽昔人興感之由，若合一契，未嘗不臨文嗟悼⑯，不能喻⑰之于懷。固知一死生爲虛誕，齊彭殤爲妄作⑱。後之視今，亦猶今之視昔。悲夫！故列敘時人⑲，錄其所述，雖世殊事異⑳，所以興懷，其致一也。後之覽者，亦將有感于斯文。

注釋 ①永和九年：三五三年。永和爲晉穆帝司馬聃的年號（三四五年—三五六年）。②暮春之初：三月初三。三月爲暮春，也稱晚春。③會稽：郡名，東漢時郡治移山陰。山陰：縣名，今浙江紹興。蘭亭：地名蘭渚，有亭爲蘭亭。現存有清康熙十二年重建的蘭亭遺址。④修禊：古

吴楚材、吴調侯：言人莫不興感于死生壽夭，固知是兩說爲虛誕妄作。

人風習，在農歷三月三日，臨水而祭，以祓除不祥，稱爲修禊。⑤流觴曲水：觴，酒杯；曲水，引水環曲爲渠，把酒杯放在曲水上遊，任其循流而下，停在誰的面前，誰即取飲。⑥絲竹管弦：絲，弦樂，指琴瑟之類弦樂器；竹，管樂，指笙簫之類管樂器。⑦惠風：春日的和風。⑧遊目騁懷：縱目遊覽，舒展胸懷。⑨極：盡，盡情享受。視聽之娛：指耳目的享受。⑩晤言：面對面談話。⑪因寄所托：有所憑借，寄托。⑫趣捨：選取與捨棄。萬殊：千差萬別。⑬系：附着。⑭興懷：産生感慨。⑮脩短隨化：脩短，指壽命長短。化，造化。⑯嗟悼：嘆息、悲傷。⑰喻：理解、明白。⑱齊：齊一，等同。彭：彭祖，傳說古代長壽的人。殤：短命早死的人。⑲列敘：逐一敘寫。時人：指當時參加聚會的人。⑳世殊事異：指世間人事變化。

譯文

永和九年是癸丑年，暮春三月初三，我們在會稽郡山陰縣的蘭亭聚會，舉行修禊之事。此處賢者都來參加，老少聚集在一起。這地方有高山峻嶺，繁茂的樹林和挺拔的翠竹；又有清澈湍急的溪水，如羅帶縈繞在亭子左右。把水引來作爲漂流酒杯的彎曲水道，大家列坐在旁，雖然沒有音樂伴奏的盛況，可是飲酒賦詩，也足以酣暢地抒發內心的感情。這天天氣晴朗，空氣清新，和風習習，溫暖舒暢。抬頭仰望宇宙之浩瀚，低首俯察萬類之繁多，極盡耳目視聽的樂趣，確實是很快活的啊。

人們彼此交往，轉瞬間度過一生，有的人常反躬內省，在家裏與朋友傾心交談；有的人寄情于外物，不拘于禮法而縱情遊樂。雖然人們對生活的取捨千差萬別，性情也有沉靜和急躁等不同，但當他們遇到可喜之事，心裏感到暫時的得志，就喜悅滿足，竟沒想到人生衰老的暮年會很快到來。等到他們對生平所追求的事物感到厭倦，心情也隨着而起變化，就會引發感慨。以往所得到的歡樂，頃刻之間已成爲往事，對這些尚且不能不深有感觸。更何況人的壽命長短取決于造化，但終有窮盡之時。古人說：「死生也是人生一件大事啊。」豈不令人心痛！

謝安

晉穆帝永和九年三月三日，王羲之與謝安、孫綽等四十一人于紹興西南渚山上的蘭亭飲酒賦詩。

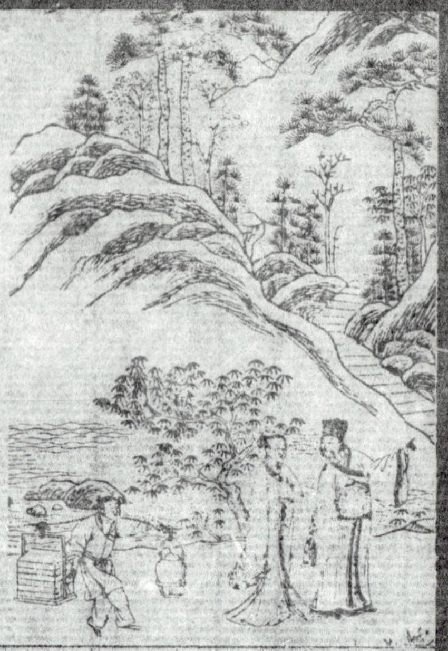

每次看到前人抒發感慨的原因，總像符契一樣一致，總難免對着這些文章而嘆息悲傷，心裏卻不知道這是爲什麼。我一向認爲把死和生當作一回事是虛誕的，把長壽和夭亡等量齊觀也是荒謬的。後人看待今人，正如現代人看古代人一樣，可悲啊！因此我列出集會者的名字，抄錄下他們吟詠的詩篇。即使時代不同，世事變化，但人們抒發情懷的原因是相通的。後世的讀者，也將因這些詩文感慨吧。

作者簡介

陶淵明（三六五年—四二七年），東晉著名詩人，辭賦家，散文家。字符亮，或名潛，字淵明，世號靖節先生。潯陽柴桑（今江西九江西南）人，早年曾幾次出仕，于四十一歲時棄官歸隱，後來一直過着躬耕隱居的生活。

他的詩文多描寫農村日常生活，質樸自然，形象鮮明，韵味雋永，具有獨特的風格特色，在中國文學史上産生了深刻的影響。陶淵明的詩文現存一百三十餘篇。有《陶淵明集》行世，注本較多。

歸去來辭

陶淵明

題解 本文寫于晉安帝義熙元年，作者辭去彭澤令回家。文中抒寫了作者歸田的決心、愉快心情和歸田後的樂趣，贊美了在田園勞動的生活，表達了他對當時政治狀況的批評態度，反映了他不屑于功名的高尚情操。

原文

歸去來兮，田園將蕪，胡不歸！既自以心爲形役①，奚惆悵而獨悲！悟已往之不諫，知來者之可追②。實迷途其未遠，覺今是而昨③非。舟搖搖以輕颺，風飄飄而吹衣④。問征夫以前路，恨晨光之熹微⑤。乃瞻衡宇，載欣載奔⑥。僮僕歡迎，稚子候門。三徑⑦就荒，松菊猶存。攜幼入室，有酒盈樽。引壺觴以自酌，眄庭柯以怡顔⑧。倚南窗以寄傲，審容膝之易安⑨。園日涉⑩以成趣，門雖設而常關。策扶老以流憩，時矯首而遐觀⑪。雲無心以出岫⑫，鳥倦飛而知還。景翳翳以將入，撫孤松而盤桓⑬。

吴楚材、吴調侯：心在求祿，則不能自主，反爲形體所役。此我自爲之，何所惆悵而獨爲悲乎。自責之詞。

吳楚材、吳調侯：一段觸物興感。

歸去來兮，請息交以絕遊。世與我而相遺，復駕言兮焉求⑭！悅親戚之情話，樂琴書以消憂。農人告余以春及，將有事于西疇⑮。或命巾車，或棹孤舟⑯。既窈窕以尋壑，亦崎嶇而經丘⑰。木欣欣以向榮，泉涓涓而始流⑱。羡萬物之得時，感吾生之行休⑲！

已矣乎⑳！寓形宇內復幾時㉑，曷不委心任去留㉒！胡爲遑遑欲何之？富貴非吾願，帝鄉不可期㉓。懷良辰以孤往，或植杖而耘耔㉔。登東皋以舒嘯㉕，臨清流而賦詩。聊乘化以歸盡，樂夫天命復奚疑㉖！

注釋

①以心爲形役：把心（指精神）當成了形體（指口腹）的奴役。②悟：覺察到。已往：指過去的事。不諫：這裏是無法挽回的意思。諫，制止。來者：將來的事。③今：指歸隱。昨：指出仕。④摇摇：飄蕩的樣子。以，而。輕揚：船行輕快的樣子。飄飄：風吹的樣子。⑤征夫：行人。前路：指通向故鄉的道路。熹微：天色蒙蒙亮。⑥瞻：眺望。衡宇：横一根木條當門的簡陋房子。載：語助詞，「又」的意思。⑦三徑：指屋前的小徑。⑧引壺觴：舉起酒壺酒杯。觴，盛酒器。酌：飲酒。眄：斜視。庭柯：庭院裏的樹木。柯，樹枝。怡顏：悅意的意思。顏，顏面。⑨倚：靠。寄傲：寄托高超自得的心情。審：明白，知道。⑩涉：每天進入。涉，涉足，到。⑪策：拄着。扶老：竹名，可做手杖。流憩：散步休息。矯首：昂起頭。遐觀：遠眺。⑫無心：無意，自然而然。岫：有穴的山，也泛指山。⑬景：陽光。翳翳：光線暗弱的樣子。盤桓：意同「徘徊」，流連不去。⑭駕：指乘車外出交遊。言：語助詞。焉，何、什麼。⑮春及：春天將到。事：指春耕等農事。疇：田地。⑯命：指派。這裏指吩咐人駕車。巾車：有篷的車。棹：划船的槳。這裏作動詞，划。⑰窈窕：這裏是形容山路深遠曲折。壑：山谷。崎嶇：形

歸去來

田園將蕪，胡不歸！

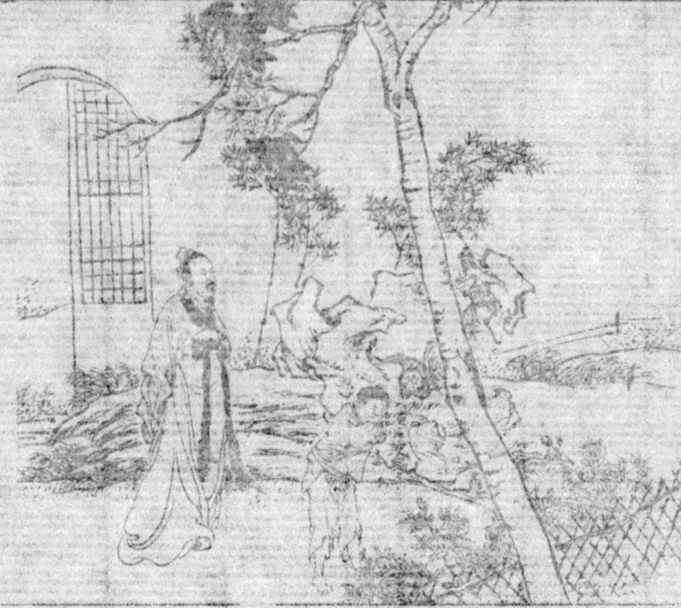

容山路不平。⑱木：樹木。欣欣：生機旺盛的樣子。向榮：漸趨茂盛。涓涓：細水慢流的樣子。⑲羨：贊賞。得時：適時。行休：將要終止，指死亡。⑳已矣乎：算了吧。㉑寓形：寄身的意思。宇內：世間。㉒曷：何。委心：任隨心願。去留：行止。㉓帝鄉：指僊界。期：希望。㉔懷：心念着。良辰：景物美好的日子。孤往：獨出遊賞。植杖：拄着杖。植，竪立，引申爲倚、拄的意思。杖，一種木棍上裝有短柄的農具。耘：除草。耔：壅苗。㉕東臯：泛指田邊的高地。舒嘯：舒徐地發出嘯聲。嘯，撮口發出清亮的聲音。㉖聊：姑且。夫：語助詞。

【譯文】回去吧，田園將要荒蕪了，爲什麼還不回去！既然讓自己的心志受形體的奴役，爲什麼還要獨自傷悲！我覺悟到過去做錯的已經無法挽救，靠未來卻還來得及彌補。雖然走入迷途但還不是太遠，現在已經明白了如今是對的，從前是錯的。船兒輕快地飄蕩前進，微風吹動着我的上衣。向行人詢問前面的路程，衹恨早晨天色隱約朦朧。看到自己家的屋檐，就高興地奔去。家中的僮僕前來迎接，孩子們在門口等候。象徵隱士生活的「三徑」已經荒蕪，衹有松菊依然存在。拉起孩子們的手進入屋裏，酒已擺好。端起酒壺來自斟自酌，看着院子裏的樹木露出了笑顏。依靠着南窗寄托自己傲岸的情

懷，深深感到小小的空間也可以使人滿足。每天到庭院散散步，自有樂趣，屋子雖然有門卻經常關着。拄着手杖到處遊息，不時仰首眺望遠方。雲彩自然地從山峰邊飄出，鳥兒飛倦了也知道自己回來。日光慢慢暗下去就快墜入大地，我還撫摩着獨立的鬆樹徘徊流連。

回去吧，讓我斷絕與世俗的交遊。既然社會與我的情志相違背，我駕車出遊還有什麼可追求！與親戚們談心使我感到愉快，彈琴讀書能夠消除我的憂愁。農人們告訴我春天已至，將要到西邊的田地裏去耕種。有時驅動有篷簾的小車，有時划了一條小船。有時進入曲折幽深的山谷，有時經過高低不平的山丘。樹木欣欣向榮，泉水涓涓地流淌。我贊美萬物生機勃勃，感嘆自己的一生即將終止。

算了吧！人生寄身于天地之間還會有多少時候，爲什麼不隨着自己的心意決定去留！爲什麼整天心神不定，還想到哪裏去呢？富貴不是我的心願，神僊境界又不可預期。趁此良機走吧，或者把手杖插在地上做些除草培苗的工作。登上東邊的高崗放聲長嘯，在清澈的水邊吟詠賦詩。姑且隨順着大自然的變化以了結此生，快樂地接受天命，又有什麼可疑慮的！

桃花源記

陶淵明

題解 《桃花源記》是《桃花源詩》的序，創作此文時，陶淵明已歸隱多年。元熙二年，劉裕廢晉恭帝，第二年，又用毒酒將其殺害。陶淵明對現實政治的黑暗不滿，但又無法改變，並且也不願干預這種現狀，于是借助創作來抒寫情懷，塑造了一個與污濁社會相對立的美好世界來寄托自己的政治理想。

原文 晉太元中，武陵人捕魚爲業①。緣②溪行，忘路之遠近。忽逢桃花林，夾岸數百步，中無雜樹，芳草鮮美，落英繽紛。漁人甚異之。復前行，欲窮③其林。林盡水源，便得一山。山有小口，彷彿若有光。便捨船，從口入。

初極狹，才通人④。復行數十步，豁然開朗。土地平曠，屋舍儼然⑤。有良田、美池、桑竹之屬。阡陌交通⑥，雞犬相聞。其中往來種作，男女衣著，悉如外人。黃髮垂髫⑦，並怡然⑧自樂。見漁人，乃大驚。問所從來，具答之。便要⑨還家，設酒殺雞作食⑩。村中聞有此人，咸來問訊。自云⑪先世避秦時亂，率妻子邑人⑫來此絕境，不復⑬出焉，遂與外人間隔。問今是何世，乃不知有漢，無論⑭魏晉。此人一一爲具言所聞，皆嘆惋。餘人各復延⑮至其家，皆出酒食。停數日，辭去。此中人語云：「不足⑯爲外人道也。」

吳楚材、吳調侯：俗人至此便反矣。

既出，得其船，便扶向路⑰，處處志之。及郡下，詣⑱太守，說如此。太守即遣人隨其往，尋向所志，遂迷，不復得路。

南陽劉子驥⑲，高尚士也，聞之，欣然規往⑳，未果㉑，尋㉒病終。後遂無問津㉓者。

吳楚材、吳調侯：悠然而往。桃源人要自與塵俗相去萬里，不必問其爲仙爲隱。靖節當晉衰亂時，超然有高舉之思，姑作記以寓志，亦歸去來辭之意也。

注釋 ①太元：東晉孝武帝的年號（三七六年—三九六年）。武陵：郡名，治所在今湖南常德。②緣：沿着。③窮：盡。這句說：漁人想走完桃花林，探究到底。④才通人：僅能容一個人通過。⑤儼然：整齊的樣子。⑥阡陌：田間的道路。南北爲阡，東西爲陌。交通：互相通

達。⑦黃髮垂髫：指老人和兒童。黃髮：因年老頭髮由白轉成黃色。髫：小孩垂下的頭髮。⑧怡然：愉快的樣子。⑨要：通「邀」，約請。⑩設：備辦。作食：準備飯食。⑪自云：桃源中人自我介紹說。⑫邑人：同鄉人。⑬不復：不再。⑭無論：不必說。⑮延：邀請。⑯不足：不必，不值得。⑰扶：沿着。向路：先前所經的道路。⑱詣：前往拜見。⑲南陽：郡名，治所在今河南南陽。劉子驥：名驎之，晉代高士，喜遊山水。⑳規往：籌劃前往。㉑未果：沒能實現。㉒尋：不久，接着。㉓問津：詢問渡口。指探訪桃花源。

譯文

晉朝太元年間，有個武陵人以捕魚爲職業。有一天他沿着小溪行船，忘記了路程的遠近。忽然遇到一片桃花林，桃樹夾着溪流兩岸，寬達幾百步，中間沒有雜樹，地上芳草鮮艷美麗，墜落的花瓣繽紛交雜。漁人很驚異這種美景，繼續前行，想尋到桃林的盡頭。桃林在溪水的源頭就沒有了，緊接着就看見一座山。山上有個小洞，裏面仿佛有光亮。漁人就捨棄小船，從洞口進去。

開始洞口很窄，僅容通過一人。又走了幾十步，突然變得開闊敞亮了。這裏土地平坦開闊，房屋整齊。有肥沃的田地、清澈的池塘和桑樹竹子之類。田間小路縱橫交錯，彼此能聽到鷄鳴狗叫之聲。那裏面的人們來往耕作，男女的穿戴與外面的人一樣。老人和兒童都悠閑高興自得其樂。他們看見漁人，很驚訝。問漁人從哪兒來。漁人詳盡地回答了他們。他們就邀請漁人到自己家，擺酒殺鷄做飯菜。村子裏的人聽說有這麼個人，都來打聽消息。他們自己說，祖先爲了躲避秦朝的禍亂，帶領妻兒和鄉親來到這個與人世隔絕的地方，沒有再出去過，于是就與外面的人隔絕了。他們問現在是什麼朝代，竟不知道還有漢朝，更不必說魏朝和晉朝。這漁人詳細地爲他們說出自己知道的情況，那些人聽後都感嘆不已。其他的人又各自邀請漁人到自己的家中，拿出酒食來招待。漁人住了幾天，辭別離開。這裏的人告訴他說：「這裏的情況不要對外邊的人說啊。」

漁人出來後，找到自己的船，就沿着舊路回去，沿途處處作了標記。回到郡裏，去向太守報告了這些情況。太守立即派人同他前往，尋找先前作的標記，竟迷失了方向，找不到路了。

南陽劉子驥是個高士，聽說這件事，高高興興地計劃前往，沒能實現，不久病死了。後來就沒有想去的人了。

吳楚材、吳調侯：一似無所嗜好者，却又好書嗜酒。

五柳先生傳

陶淵明

題解　本文描繪了一個喜歡讀書、不圖名利、安貧樂道、不計較得失的封建時代知識分子的形象，其實就是作者借這一形象做的自我描繪。

原文　先生不知何許人也，亦不詳其姓字。宅邊有五柳樹，因以爲號焉。閑靜少言，不慕榮利。好讀書，不求甚解①，每有會意，便欣然忘食。性嗜酒，家貧不能常得。親舊知其如此，或置酒而招之。造飲輒②盡，期在必醉；既醉而退，曾不吝情去留。環堵蕭然③，不蔽風日；短褐穿結④，簞瓢⑤屢空，晏如也。常著文章自娛，頗示己志。忘懷得失，以此自終。

贊曰：黔婁⑥有言，不戚戚于貧賤，不汲汲⑦于富貴。其言茲若人之儔乎⑧？銜觴⑨賦詩，以樂其志，無懷氏之民歟？葛天氏之民歟⑩？

注釋　①不求甚解：這裏指不讀死書，不死摳字眼。②造：往，到。輒：總是。③環堵：房屋四周墻壁。蕭然：空蕩無物的樣子。④褐：粗布。短褐：粗布短衣。穿：洞。結：打結。⑤簞瓢：盛飯的圓筐與舀水的葫蘆。⑥黔婁：春秋時魯國人，修身清節，安貧樂道，不仕于諸侯。⑦戚戚：憂懼的樣子。汲汲：急于營求的樣子。⑧茲：這。若人：那個人。儔：同列，一類。⑨觴：酒杯。銜觴即酣飲，指酒喝得很痛快。⑩無懷氏、葛天氏：傳說中的上古帝王名。

五柳先生

宅旁有五柳樹，因以爲號焉。

譯文　先生不知道是什麼地方人，也不清楚他的姓名。他的住宅旁邊有五棵柳樹，因此就以「五柳」作爲號。他安閑沉靜，不好言談，也不羡慕名利。喜歡讀書，但不拘泥于個別字句的解釋；每當讀書有所領悟的時候，就高興得忘記吃飯。好喝酒，但因爲家貧就不能經常得到。親朋好友知道他這樣，

五柳先生傳

陶淵明

【題解】本文描繪了一個喜歡讀書，不圖名利，安貧樂道，不計較得失的封建時代知識分子的形象。其實就是作者借這一形象做的自我描繪。

先生不知何許人也，亦不詳其姓字。宅邊有五柳樹，因以為號焉。閑靜少言，不慕榮利。好讀書，不求甚解；每有會意，便欣然忘食。性嗜酒，家貧不能常得。親舊知其如此，或置酒而招之。造飲輒盡，期在必醉；既醉而退，曾不吝情去留。環堵蕭然，不蔽風日；短褐穿結，簞瓢屢空，晏如也。常著文章自娛，頗示己志。忘懷得失，以此自終。

贊曰：黔婁之妻有言："不戚戚於貧賤，不汲汲於富貴。"其言茲若人之儔乎？銜觴賦詩，以樂其志。無懷氏之民歟？葛天氏之民歟？

【注釋】[illegible]

五柳先生　宅旁有五柳樹，因以為號焉。

【譯文】先生不知道是什麼地方人，也不清楚他的姓名。他的住宅旁邊有五棵柳樹，因此就以"五柳"作為號。他閑靜，不好言談，也不羨慕名利。喜歡讀書，但不拘泥于個別字句的解釋；每當讀書有所領悟的時候，就高興得忘記吃飯。好喝酒，但因為家貧就不能經常得到。親朋好友知道他這樣，有時備酒招待他。他前去飲酒時總是喝盡，直到大醉方休；醉後就向主人告辭，從不掩飾情感。他的住室四壁空空蕩蕩，不能遮風，也不能擋太陽；穿的粗布短衣打滿了補丁，常常缺少吃喝，而他卻能安然自得。常常創作詩文當作娛樂，抒發自己的志趣。能夠完全忘掉世俗的得失，衹願這樣直至死去。

贊曰：黔婁說過這樣的話：「不因爲處境貧困而憂愁傷心，不爲了富貴而到處奔走鑽營。」據他所說，五柳先生不就是這樣的人嗎？飲酒賦詩，使自己的心志快樂，是無懷氏時的人嗎？是葛天氏時的人嗎？

北山移文　孔稚珪

題解　《北山移文》揭掉了諸多假隱士的面具。南北朝時期，隱逸之風盛行，很多人就用隱居的手段沽名釣譽，或者標榜清高，但是其真實目的往往都是爲了寄身廟堂之中。作者假托北山山神，辛辣地諷刺了以「周子」爲代表的假隱士的醜態，表達了作者對這種社會現實的厭惡。

「移文」是一種近似于檄文的文體，多用于諷刺或者責備。

原文　鍾山之英，草堂之靈①，馳煙驛路②，勒移山庭。

吳楚材、吳調侯：鍾山，即北山也，其南有草堂寺。英靈，借言其神也。謂山之英靈，驅馳烟霧，刺移文于山庭也。起便點出北山移文四字大意。

夫以耿介拔俗之標③，蕭灑出塵之想④，度白雪以方潔⑤，干青⑥雲而直上，吾方知之矣。若其亭亭物表⑦，皎皎霞外，芥千金而不眄，屣萬乘其如脫⑧，聞鳳吹于洛浦⑨，值薪歌于延瀨⑩，固亦有焉。豈期終始參差，蒼黃翻覆，淚翟子之悲，慟朱公之哭⑪。乍迴跡以心染，或先貞而後黷⑫，何其謬哉！嗚呼，尚生不存，仲氏既往⑬，山阿寂寥，千載誰賞！

世有周子，雋俗之士，既文既博，亦玄亦史⑭。然而學遁東魯，習隱南郭⑮，偶吹草堂，濫巾北嶽⑯。誘我松桂，欺我雲壑⑰。雖假容于江皋，乃纓情于好爵⑱。

其始至也，將欲排巢父，拉許由⑲，傲百氏，蔑王侯。風情張日，霜氣橫秋。或嘆幽人長往，或怨王孫不遊⑳。談空空于釋部，核玄玄

吳楚材、吳調侯：假山陵作檄，設想已奇。而篇中無語不新，有字比雋，層層敲入，愈入愈精。真覺泉石蒙羞、林壑增穢。讀之令人賞心留盼、不能已也。

于道流[21]，務光何足比，涓子不能儔[22]。

及其鳴騶入谷，鶴書赴隴[23]，形馳魄散，志變神動。爾乃眉軒席次，袂聳筵上[24]，焚芰制而裂荷衣，抗塵容而走俗狀[25]。風雲淒其帶憤，石泉咽而下愴[26]，望林巒而有失，顧草木而如喪。

至其鈕金章，綰墨綬[27]，跨屬城之雄，冠百里[28]之首。張英風于海甸，馳妙譽于浙右[29]。道帙長擯，法筵久埋[30]。敲扑喧囂犯其慮，牒訴倥偬裝其懷[31]。琴歌既斷，酒賦無續，常綢繆于結課，每紛綸于折獄[32]，籠張趙于往圖，架卓魯于前籙[33]，希蹤三輔豪，馳聲九州牧[34]。使我高霞孤映，明月獨舉，青松落陰，白雲誰侶？磵戶摧絕無與歸[35]，石徑荒涼徒延佇[36]。至于還飆入幕，寫霧出楹[37]，蕙帳空兮夜鶴怨，山人去兮曉猨驚。昔聞投簪逸海岸，今見解蘭縛塵纓[38]。

于是，南嶽獻嘲，北隴騰笑，列壑爭譏，攢峰竦誚[39]。慨遊子之我欺，悲無人以赴弔。故其林慚無盡，澗愧不歇，秋桂遣[40]風，春蘿罷月。騁西山之逸議，馳東皋之素謁[41]。

今又促裝下邑，浪栧上京[42]，雖情殷于魏闕，或假步于山扃[43]。豈可使芳杜厚顏，薜荔蒙恥，碧嶺再辱，丹崖重滓[44]，塵遊躅于蕙路，汙淥池以洗耳[45]。宜扃岫幌[46]，掩雲關，斂輕霧，藏鳴湍。截來轅于谷口，杜妄轡于郊端[47]。于是叢條瞋膽，疊穎怒魄[48]。或飛柯以折輪，乍低枝而掃跡[49]。請迴俗士駕，爲君謝逋客[50]。

注釋

①英、靈：「精靈」之意。草堂：指周顒在鍾山所建隱舍。②驰烟驿路：意为像烟雲一样驰骋在驿路上。③耿介：正直。拔俗：超出世俗。標：風度。④想：理想、志向。⑤度：比量。方：比。⑥干：冒犯，凌駕。⑦物表：萬物之上。⑧芥：小草，此處用作動詞。眄：斜視。屣：草鞋，此處用作動詞。萬乘：指代皇帝。⑨「聞鳳吹」句：《列僊傳》：「王子喬，周靈王太子晉，好吹笙作鳳鳴，常遊于伊、洛之間。」浦：水邊。⑩「值薪歌」句：《文

選》吕向注：「蘇門先生遊于延瀨，見一人采薪，謂之曰：『子以終此乎？』采薪人曰：『吾聞聖人無懷，以道德爲心，何怪乎而爲哀也。』遂爲歌二章而去。」值，碰到。瀨，水流沙石上爲瀨。⑪翟子：墨翟。《淮南子·説林訓》有個故事，説他看到練絲而泣，認爲可黄，也可黑。朱公：楊朱。楊朱見岐路而哭，爲其可以南可以北。⑫乍：初、剛才。心染：心裏牽挂仕途名利。貞：正。黷：污濁骯髒。⑬尚生：尚子平，西漢末隱士，入山擔薪，賣之以供食飲（見《高士傳》）。仲氏：仲長統，東漢末年人，每當州郡召請他，他就稱病不去。⑭周子：周顒。雋俗：卓立世俗。亦玄亦史：《南齊書·周顒傳》稱周顒涉獵百家，長于佛理，熟悉《老子》、《易經》。⑮東魯：指顔闔。《莊子·讓王》：「魯君聞顔闔得道人也，使人以幣先焉。顔闔守陋閭，使者至曰：『此顔闔之家與？』顔闔對曰：『此闔之家。』使者致幣。顔闔對曰：『恐聽者謬而遺使者罪，不若審之。』使者反審之，復來求之，則不得已。」南郭：南郭子綦，《莊子·齊物論》的人物，「南郭子綦隱機而坐，仰天嗒然，似喪其偶。」⑯偶吹：偶爾吹奏樂器，暗含「濫竽充數」事。濫巾：帶着隱士的頭巾，即冒充隱士。⑰壑：山谷。⑱江皋：江岸。纓情：系情。⑲拉：折辱。巢父、許由：都是傳説中堯時的隱士。據《高士傳》「堯讓天下于許由，不受而逃去。堯又召爲九州島長，由不欲聞之，洗耳于潁水濱。時其友巢父牽犢欲飲之，見由洗耳，問其故，對曰：『堯欲召我爲九州島長，惡聞其聲，是故洗耳。』巢父曰：『污吾犢口。』牽犢上流飲之。」⑳幽人：隱逸之士。王孫：這裏指隱士。㉑空空：指佛家認爲的世上一切皆空。釋部：佛家經文。核：研究。玄玄：指代道家觀點的「玄之又玄」。道流：道家之學。㉒務光：傳説中的僊人，據《列僊傳》「務光者，夏時人也……殷湯伐桀，因光而謀，光曰：『非吾事也。』湯得天下，已而讓光，光遂負石沉寥水而自匿。」涓子：據《列僊傳》，「涓子者，齊人也。好餌術，隱于宕山。」儔：匹敵。㉓鳴騶：指待使者的車馬。鶴書：指代徵召的詔書。因詔板所用的書體如鶴頭，故稱。㉔爾：道時。軒：高揚。袂聳：衣袖高舉。㉕芰制、荷衣：以荷葉制作的衣服。取自《離騷》「制芰荷以爲衣兮，集芙蓉以爲裳。」抗：這裏指張揚。走：這裏是速度很快的意思。㉖咽：悲泣。愴：怨怒的樣子。㉗紐：系。金章：銅印。綰：系。墨綬：黑色印帶。金章、墨綬皆爲當時縣令所佩帶的東西。㉘百里：指代縣城，

因爲古時一縣約管轄百里。㉙張：播。海甸：海濱。馳：傳。浙右：今浙江紹興一帶。㉚道帙：道家的經典。帙：書套，這裏指書籍。擯：一作「殯」，拋棄。法筵：講佛法的幾案。埋廢棄。㉛敲扑：用鞭子打。牒訴：訴訟的狀紙。倥傯：事情匆忙繁多的樣子。㉜綢繆：糾纏。結課：計算賦稅。折獄：審判案件。㉝籠：籠罩。張趙：指張敞和趙廣漢。都是西漢的能吏，都擔任過京兆尹。往圖：以前的記載。架：超越。卓魯：指卓茂、魯恭。兩人都是東漢的有作爲的管理。㉞希蹤：追慕踪跡。三輔：漢代稱京兆尹、左馮翊、右扶風爲三輔。三輔豪，指三輔有名的能吏。九州島：指天下。牧：地方長官。㉟磵：通「澗」。摧絕：崩落下來。㊱延佇：長時間的站立等待。㊲還飆：回風。寫：同「瀉」，吐。楹：屋柱。㊳逸：隱遁。縛塵纓：束縛在塵網中。㊴獻嘲：下面的「騰笑」、「爭譏」、「竦誚」都是譏笑的意思。攢峰：密密地聚集起來的山峰。竦：同「聳」，跳動。㊵遣：排除。㊶騁、馳：在這裏都是傳播之意。逸議：隱士們的清議。素謁：道德高尚者的言談。㊷促裝：束裝。浪棧：浪中的船槳，這裏是駕舟的意思。㊸殷：深厚。魏闕：高大的門樓。這裏指朝廷。山扃：山門。指北山。㊹重滓：再次蒙受污辱。㊺躅：足跡。污：污。渌池：清池。㊻岫幌：岫，山穴。幌，帷幕。㊼杜：堵塞。妄轡：隨便亂闖的車馬。㊽穎：草芒。㊾乍：驟然。掃跡：遮蔽路徑。㊿君：北山的山神。逋客：逃亡者。這裏是指周顒。

譯文

鍾山的精魂，草堂的神靈，就像烟雲一樣馳騁在驛路上，將這篇移文刻在山崖之上。

有些人，有耿直脫俗的標準，瀟灑從容的理想；純潔如雪的品德，自以爲品格高尚，可與青雲媲美，我直到現在算是瞭解這樣的人了。就像亭亭玉立超然物外，潔身自好志趣高潔，視千金如草芥看都不看一眼，視萬乘之國如同破草鞋隨手拋棄，在洛水邊傾聽鳳鳴一般的樂曲，在延瀨碰到隱逸高人采薪時的歌聲，這種人也固然是有的。但是，卻想不到他們中卻有不能始終如一，顏色在青黃之間反復變化，就像墨翟悲痛過的素絲，和楊朱哭泣過的歧路一樣。這種人才進山中隱居，又突然被俗塵污染了心志，開始可能非常貞正，後來就變得十分骯髒，這是多麼荒謬的事情呀！唉呀，尚子平已經離去、仲長統也成爲往事，山谷中寂寞空蕩，千年歲月還有誰人會來欣賞呢！

當今世上有位周先生，乃俊逸脫俗人士，善于作文並且學問淵博，既懂玄學還懂史學。雖然這

【譯文】

鍾山的精魂，草堂的神靈，説像煙霧一樣飄散在驛路上，將這篇移文刻在山庭之上。

有些人，有耿直脫俗的標準，瀟灑從容的理想；純潔如白雪的品德，自以為品格高尚，可與青雲媲美。我直到現在算是明瞭這樣的人了。就像亭亭玉立超然物外，潔身自好志趣高潔，視千金如草芥有都不看一眼，說萬乘之國如同破草鞋隨手拋棄。在洛水邊聽鳳鳴一般的樂曲，在延瀨碰到隱逸高人采薪時的歌聲。這種人也固然是有的。但是，卻想不到他們中卻有不能始終如一，顏色在青黃之間反復變化，就像墨翟悲痛的素絲，楊朱哭泣的歧路一樣。這種人才進山中隱居，又突然於谷中留污染了心志，開始可能非常貞正，後來就變得十分骯髒。這是多麼荒謬的事情呀！唉呀，尚子平已經離去，仲長統也成為往事，山谷中寂寞空蕩，千年歲月還有誰人會來欣賞呢！

當今世上有位周先生，乃是超脫俗人士，善于作文並且學問淵博，既通文學還通史學。雖然這樣，他還是要學習顏闔去遁世，效仿南郭子綦先生去隱居；栖身草堂之中濫竽充數，居住北山之上冒充隱士。誘騙我們山中的松樹桂樹，欺侮我們的白雲山谷。即使在江邊裝模作樣，心裏還是挂念着高官爵位。

當初他剛來的時候，似乎想把巢父排擠出隱士的行列，把許由拉下神壇，藐視諸子百家的學問，看不起王侯的尊嚴。風度情感似乎能遮住太陽，淡然如霜的氣勢似乎想勝過秋天。時而慨嘆隱士們早已不在，一會又埋怨王孫們不來交遊。既能談佛家的「四大皆空」，也能說道家的「玄之又玄」，自以爲務光比不了他，涓子不配跟他站一塊。

等到皇上的使者高調地來到山谷，把征召的鶴書帶來北山時，這時他立刻揮舞手腳而神魂顛倒，志向改變而心思萌動。他在宴請使者的筵席上眉飛色舞，洋洋自得，燒掉菱花衣，撕毀荷葉服之後，就馬上露出庸俗的樣子。所以風雲悲傷淒涼含帶憂憤，石下清泉哽咽幽怨，向山林看去似乎他們也若有所失，回頭看一看草木似乎他們死去了親人。

到了他身佩金印墨綬，超越了郡中各縣，成爲大縣的官員。張揚威風到了海濱，美名贊譽也傳到浙東。不過道家的經典久已擯棄，佛法家的坐席也早就埋沒。鞭打罪犯的喧囂之聲驚擾到他的思考，文書訴訟的緊急公務塞滿了胸懷。彈琴唱歌已經中斷，飲酒作賦更無法繼續，常常被結算賦稅而纏身，每每因斷獄審案而繁忙，希望蓋過張敞和趙廣漢過去的政績，也希望凌架于卓茂和魯恭曾經的作爲，希望能成爲三輔令尹，聲明在九州島官吏中傳播。于是乎，他使山中朝霞孤單地映照，明月寂寞地升于山巔，青松投落下綠蔭，誰還能和白雲作伴？澗中的石門崩落，沒有人歸復，石板路荒涼，徒勞地佇立等待。旋風吹入帷幕，雲霧瀉出堂前，蕙帳空空如也就連夜晚的鶴都會怨恨，隱居在山中的人離開了連清晨的猿猴都會吃驚。過去曾聽說有人脫掉官服跑去海邊隱居，如今卻看到有人扔掉佩蘭投身于塵網的束縛中。

所以南岳嘲諷，北山恥笑，一排排的深谷譏諷，一群群的山峰也在嘲笑。慨嘆我們被那位遊子隱士給欺騙了，更傷心的是甚至都沒有前來慰問的人。因此山林覺得非常羞恥，山澗追悔莫及，秋天的桂樹辭退了風吹，春蘿也對月色擺手拒絕。西山傳出隱逸者的清議，東皋傳出道德高尚着的言談。

如今周先生正整理行裝，搖着船去往京城，雖然他心中想着朝堂，或許還會來山中借住。我們豈

能還讓山中的芳草厚顔陪伴，讓薜荔遭受羞恥，碧嶺再蒙羞辱，丹崖重遭玷污，讓世間的灰塵污染了蘭蕙之路，使洗耳的清池再次變爲渾濁。應該鎖好北山的窗戶，遮掩好上雲彩的大門，收斂起輕霧，藏匿好清泉。攔截他的車不讓進入谷口，堵住他亂闖的馬匹不讓進入山間。于是山中重叠的草樹勃然大怒，有的撇過去樹枝打折他的車輪，有的低垂下枝葉遮蔽掉他的路途。請這位俗客轉身回去吧，我們代替山神謝絶您這位逃客。

作者簡介

魏徵（五八〇年—六四三年），字玄成，是唐朝初年的政治家和歷史學家。他輔佐唐高祖李淵、唐太宗李世民，做過尚書右丞、秘書監等官職，最後封到太子太師。魏徵是歷史上出了名的諫臣，敢于説話，常常給李世民以義正詞嚴的勸告；他又是一個歷史學家，在勸諫時常常引述歷史的教訓與經驗。因此在他的奏議中常常能看到類似于這篇《諫太宗十思疏》的文章，話説得雖直率，論據却常借古諷今顯得較委婉，雖理直氣壯，但又不傷害皇上的面子，詞鋒雖犀利，但情辭却很懇切，所以志得意滿的唐太宗看了之後也很感動，據説還親自寫了詔書承認自己的過失。

魏徵

諫太宗十思疏

魏徵

題解　唐太宗即位初期，以隋朝爲戒，勵精圖治，後來生活却越來越奢侈。魏徵因此而擔憂，多次上疏勸諫，本文是其中的一篇。文章規勸唐太宗要慎始敬終，虚心接受建議，生活上應節約儉樸。這些觀點的目的都是維護唐朝的統治，但客觀上也是有利于人民的。

原文　**臣聞求木之長者，必固其根本；欲流之遠者，必浚其泉源；思國之安者，必積其德義。源不深而望流之遠，根不固**

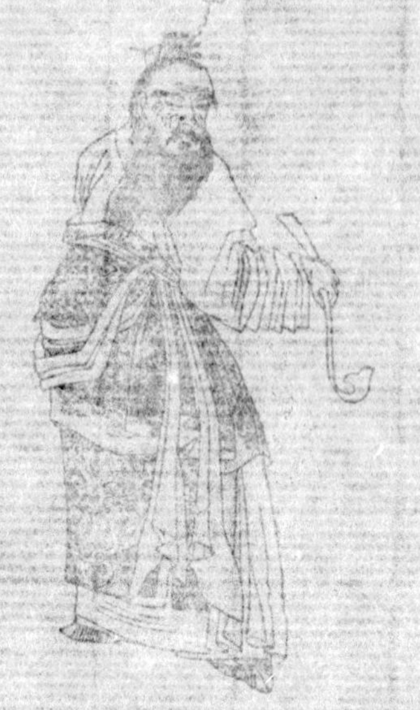

⑨簡能：選拔有才能的。

望陵毁觀

太宗葬文德皇后于昭陵，上念后不已，乃于苑中作層觀，以望昭陵。嘗引魏徵同登，使視之。徵言：「以爲陛下望獻陵，若昭陵，則臣故見之矣。」上泣，爲之毁觀。這是魏徵委婉勸諫的一個事例。

譯文

臣聽說希望樹木生長，就一定要加固它的根本；希望河水流得長遠，就一定要深挖它的源頭；想使國家安定，就一定要積恩德和仁義。水源不深卻希望水流得長遠，根不牢固卻要求樹木茂盛，道德不深厚卻希望國家安定，臣雖然愚笨，也知道那是不可能的，更何況聖明之人呢！國君承擔着帝王的大權重任，處于天下最高的地位，不能居安思危，戒除奢侈而厲行節儉，就與砍斷樹根卻希望樹木長得茂盛，堵塞泉源卻想要流水長遠一樣啊。

凡是從前的國君，承受上天的大命，獲得好的開端的確實很多，但能堅持到底的卻很少，難道是取天下容易，守天下就困難嗎？大概是他們在創業時憂患深重，必然竭盡誠意對待下屬；一旦實現了志向，便放縱情欲，傲視他人。以誠意待人，那麼即使像吳、越那樣敵對的國家也能結爲一體；傲視他人，那麼骨肉至親也會像路人一樣疏遠。即使用嚴酷的刑罰督責，用威風怒氣恐嚇，也衹能使人們圖求苟且以免于刑罰，卻不會感念國君的恩德，外表恭敬，可是心裏並不服氣。怨恨不在大小，可怕的衹是百姓，百姓如水一樣，既可以載船，也可以使船翻，這是應特別謹慎對待的。

如真能做到：看見想要得到的東西，就想到知足使自己警戒；將要大興土木，就想到要適可而止，使人民安寧；考慮到帝位高隨時會有危險，就想到要謙虛，加強自身修養；害怕驕傲自滿，就想到江海的器量能容納百川；喜歡打獵遊樂，就想到三面包圍網開一面之法度；擔心政務懈怠，就想到做事要始終謹慎；憂慮會受蒙蔽，就想到虛心聽取下屬的意見；害怕讒佞奸邪，就想到端正自身而擯斥邪惡小人；加恩于人時，就想到不因一時高興而賞賜不當；施加刑罰時，就想到不要因爲正在發怒而處置失當。如能做到這十個方面，弘揚美德，選拔任用有才能的人，選擇聽取好的意見，那麼，聰明的人就會竭盡他的才智，勇敢的人就會竭盡他的氣力，仁愛的人就會廣施他的恩惠，誠實的人就會獻出他的忠誠。文臣武將都得到任用，就可以垂衣拱手，無爲而治了。何必勞心傷神，替百官行使職務呢？